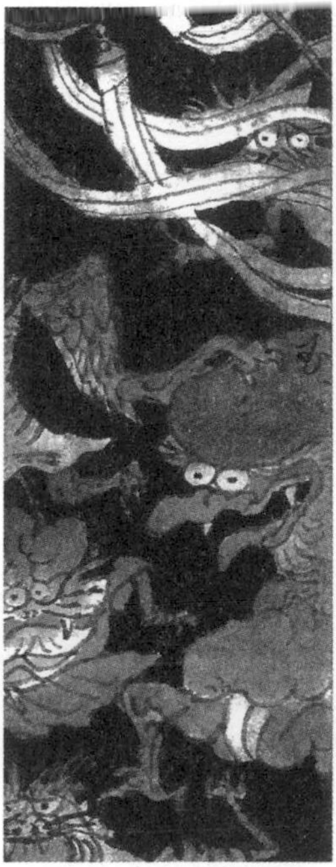

陰陽師

飛天卷

陰陽師系列

第二部

夢枕獏——著
茂呂美耶——譯

伴隨《陰陽師》系列小說十五年有感

承接《陰陽師》系列小說的編輯來信通知，明年一月初將出版重新包裝的第一部《陰陽師》，並邀我寫一篇序文。

收到電郵那時，我正在進行第十七部《陰陽師螢火卷》的翻譯工作，而且，由於晴明和博雅這兩人拖拖拉拉了將近三十年的曖昧關係（中文繁體版則為十五年），終於有了一小步進展，令我陷入興奮狀態，於是立即回信答應寫序文。因為我很想在序文中向某些初期老粉絲報告：「喂喂喂，大家快看過來，我們的傻博雅總算開竅了啦！」

其實，我並非喜歡閱讀BL（男男愛情）小說或漫畫的腐女，《陰陽師》也並非BL小說，但是，我記得十多年前，曾經在網站留言版和一些《陰陽師》死忠粉絲，針對晴明和博雅之間的曖昧感情，嬉笑怒罵地聊得鼓樂喧天，好不熱鬧。

說實在的，比起正宗BL小說，《陰陽師》的耽美度其實並不高。就我個人觀點而言，這部系列小說的主要成分是「借妖鬼話人心」，講述的是善變的人心，無常的人生。可是，某些讀者，例如我，經常在晴明和博雅的對話中，敏感地聞出濃厚的BL味道，並爲了他們那若隱若現，或者說，半遮半掩的愛意表達方式，時而抿嘴偷笑，時而暗暗奸笑。

身爲譯者的我，有時會爲了該如何將兩人對話中的那股濃濃愛意，翻譯得不露骨，但又不能含糊帶過的問題，折騰得三餐都以飯糰或茶泡飯草草果腹，甚至一句話要改十遍以上。太露骨，沒品；太含蓄，無味。所幸，這種對話不是很多。是的，直至第十六部《陰陽師蒼猴卷》爲止，這種對話確實不多。

然而，我萬萬沒想到，到了第十七部《陰陽師螢火卷》，竟然出現了令我情不自禁大喊「喂喂，博雅，你這樣調情，可以嗎？」的對話！不過，請非腐族讀者放心，這種對話依舊不是很多，況且，說不定我們那個憨厚的傻博雅，不明白自己說的那些話其實是一種調情。而能塑造出讓讀者感覺「明明在調情，但調情者或許不明白自己在調情」的情節的小說家夢枕大師，更令人起敬。

話說回來，不論以讀者身分或譯者身分來看，《陰陽師》系列小說最吸引我的場景，均是晴明宅邸庭院。那庭院，看似雜亂無章，卻隨著季節交替輪換而自有一番情韻。倘若我在進行翻譯工作時的季節，恰好與小說中的季節相符，我會翻譯得特別來勁，畢竟晴明庭院中那些常見的花草，以及，夏天吵得不可開交的蟬鳴和秋天唱得不可名狀的夜蟲，我家院子都有。只是，我家院子的規模小了許多，大概僅有晴明宅邸庭院的百分或千分之一吧。

爲了寫這篇序文，我翻出《陰陽師飛天卷》、《陰陽師付喪神卷》、《陰陽師鳳凰卷》等早期的作品，重新閱讀。不僅讀得津津有味，甚至讀得久違多年在床上迎來深秋某日清晨的第一道曙光。

此外，我也很佩服當年的自己，竟然能把小說中那些和歌翻譯得那麼美。不是我在自吹自擂，是眞的。我跟夢枕大師一樣，都忘了早期那些作品的故事內容，重讀舊作時，我眞的在文字中看到當年爲了翻譯和歌，夜夜在書桌前和古籍資料搏鬥的自己的身影。啊，畢竟那時還年輕，身子經得起通宵熬夜的摧殘，大腦也耐得住古文和歌的折磨。如今已經不行了，都盡量在夜晚十點上床，十一點便關燈。因爲我在明年的生日那天，要穿大紅色的「還曆祝著」（紅色帽子、紅色背心），慶祝自己的人生回到起點，得以重新再活一次。

如果情況允許，我希望能夠一直擔任《陰陽師》系列小說的譯者，更希望在我穿上大紅色背心之後的每個春夏秋冬，仍可以自由自在穿梭於晴明宅邸庭院。

茂呂美耶

於二〇一七年十一月某個深秋之夜

目錄

平安時代中期的平安京

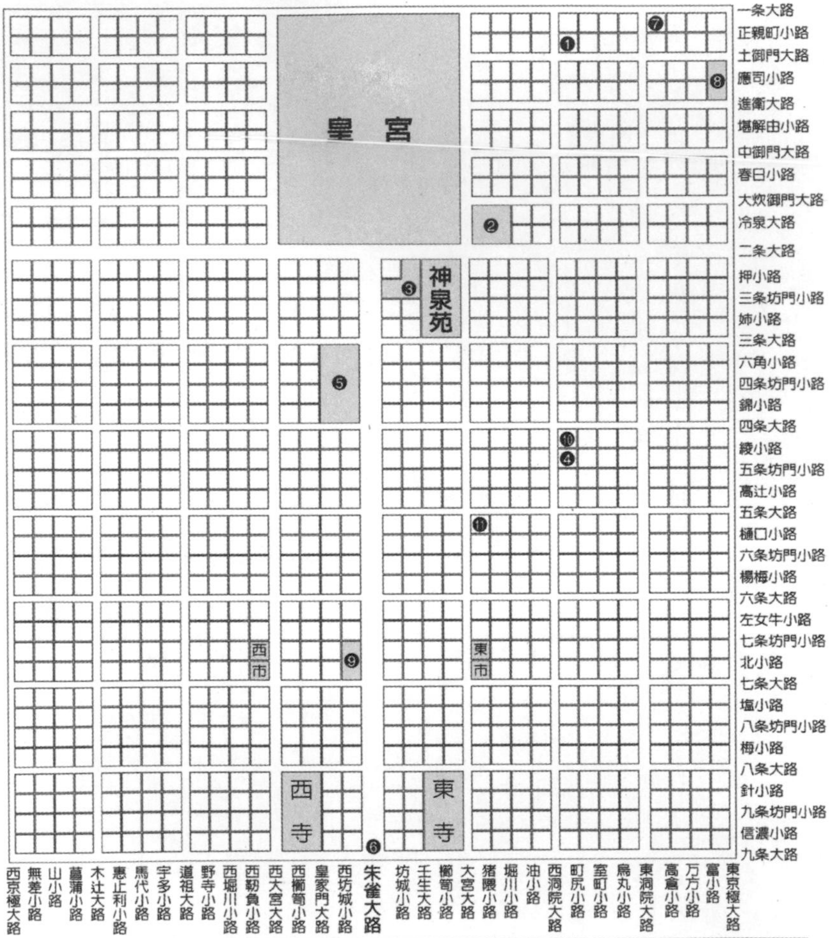

❶ 安倍晴明宅邸 ❷ 冷泉院 ❸ 大學寮 ❹ 菅原道真宅邸 ❺ 朱雀院 ❻ 羅城門 ❼ 藤原道長「一条第」
❽ 藤原道長「土御門殿」 ❾ 西鴻臚館 ❿ 藤原賴通宅邸 ⓫ 藤原彰子邸

小鬼難纏

一

水無月①月初，源博雅來到位於土御門小路的安倍晴明宅邸。

正值下午時分。

天空下著雨。

梅雨季還未結束，雨絲細小又冰冷。

穿過敞開的大門，一陣濕潤草香籠罩住博雅。

櫻花葉、梅花葉、以及澤漆②、多羅樹、楓葉嫩葉等，經過雨水的洗禮，正微微發光。

龍牙草、五鳳草、酸漿③、野西瓜苗④等野草，東一叢西一叢，根深葉茂地叢生在庭院中。猶如將整片山谷野地的草叢搬入庭院內。

乍看之下，庭院似乎完全未經整理，任野草自生自滅，但仔細觀察，可以看出其中有不少可入藥的野草。雖然博雅不知道這些野草的功用，但眼前這些看似毫無價值的花草，對晴明來說，或許都別具意義。

不過，話說回來，這些草也可能只是偶然長在庭院裡。

想想晴明這男人的作風，兩者都有可能。

不過，這樣的庭院，倒也令人心曠神怡。

---

①陰曆六月。

②日文為「燈台草（トウダイグサ，toudaigusa）」，別名貓兒眼草，學名為*Euphorbia helioscopia*，為一年或二年生草本植物。中藥上可利尿消腫、化痰、止癢。

③日文為「酸漿草（ほおずき，hoozuki）」，別名紅姑娘、掛金燈，多年生草本植物。紅色的果實成熟後，可放入嘴中嚼著玩，會發出響聲。

④日文為「銀錢花（ギンセンカ，gin-senka）」，學名*Hibiscus trionum*。花開時間非常短，只在早晨至中午間開花一小時左右，因此日文別名為「朝露草」。葉片的形狀與西瓜葉相似。

爲免野草上的雨水或晨露沾濕訪客的衣擺，凡是有人經過的路旁，野草都已割除，有些地上則鋪著石子。

比細針更細小、比絲線更柔軟的雨絲，正無聲無息地落在這些草叢上。幾乎讓人誤以爲是霧氣的濛濛細雨。

博雅身上的衣服，因滲入潮濕雨水而顯得更加沉重。他不但沒帶雨具，身邊也沒任何隨從。

每次拜訪晴明時，他總是單獨一人行動。不乘車也不騎馬，總是徒步前往。

博雅在庭院佇足片刻、環視庭院後，正要跨出腳步時，突然感覺有人出現在庭院裡。

博雅將視線從庭院移開，看見有人從前方走了過來。是兩個人。

一位是僧侶，剃髮、身穿僧衣。

另一位是女人。女人身穿淡紫色的十二單衣⑤。

僧侶和女人不發一語地走來，沉默地經過博雅身邊。擦身而過時，兩人皆微微向博雅頷首打招呼。

博雅連忙點頭回禮。

這時，博雅聞到一陣淡淡的紫藤花香。

⑤平安時代，女性的宮廷禮服。

蜜蟲……

沒記錯的話，去年此時正逢玄象琵琶失竊，博雅曾與晴明一同到羅城門尋找琵琶。彼時同行的女人，不正是剛才那女人嗎？那女人原是藤花精靈，由晴明幻化爲式神使喚。

所謂式神，泛指受陰陽師操縱的精靈、妖氣或鬼魂。這一類的東西，通稱爲式神。

但是，那女人應該已死在妖鬼手上了啊。不過，身爲花精幻化的式神，或許能在往後的花季再度復活，成爲嶄新的式神出現在世上吧。

博雅當然不知道晴明有沒有爲新式神取名。他收回追隨著兩人背影的視線，一回頭，眼前赫然又站著一位女人。

不就是剛才身穿淡紫色十二單衣、與僧侶同行的女人嗎？

博雅不自覺想說句話，卻只見她嫻靜地行個禮。

「博雅大人，歡迎您大駕光臨……」女人清柔細語，「晴明大人已在裡頭等候了。」

果然是式神……

難怪她出現得突然，舉止也柔弱得如沾了雨水的花草。

女人輕輕點了頭，移步爲博雅帶路。博雅跟隨在她身後。

女人帶領博雅來到可以遍覽整座庭院的房間。

房內早已備好酒菜。不但有一瓶盛滿酒的酒瓶，還有一個盤子，上面盛著微微烤過的魚乾。

「你來了，博雅……」

「好久不見了，晴明。」

博雅坐在晴明面前的草墊上。

「晴明，我剛剛在外面碰到僧侶。」

「哦，他啊……」

「好久沒看到其他人來你這兒拜訪了。」

「他是佛像雕刻師……」

「哪裡的？」

「教王護國寺。」

晴明舒適地曲起一腳，隨意將一隻手放在曲起的膝蓋上。

教王護國寺，亦即東寺。延曆十五年⑥，爲了守護王城，便在朱雀大路南端、羅城門東側建立了東寺。後來贈與空海大師，成爲眞言宗道場。

「雕刻佛像的僧侶單獨來造訪陰陽師？眞是奇事。我看他沒帶任何隨從。」

⑥西元七九六年。

「你每次來這裡，不也是單獨一個人來？」

「說得也是。」

「你找我有什麼事？是不是又碰到傷腦筋的事了？」

晴明舉起酒瓶，在博雅面前的酒杯內倒了酒，順便在自己杯內也倒了酒。

「嗯，說傷腦筋也的確傷腦筋，只是，傷腦筋的人不是我……」

博雅邊說，邊端起盛滿的酒杯，兩人不約而同地喝起酒來。

「邊喝酒、邊談事情，眞是暢快。」晴明說。

「你沒跟剛剛那佛像雕刻師喝酒？」

「沒有，對方是僧侶嘛。話說回來，博雅啊，傷腦筋的到底是誰？」

「這個……實在不方便透露姓名。」博雅坐立難安了一會兒。

「晴明，總之，就是……爲了一件很傷腦筋的事，有人想拜託你幫忙。」

「要我幫忙……」

「是啊，除了你，誰也幫不上忙。」

「可是，我不能馬上處理……」

「爲什麼？」

「剛剛那位佛像雕刻師正是玄德大師，我答應明天到他那兒一趟了。」

「去哪裡?」

「教王護國寺。」

「可是，晴明啊，我這邊也很急，需要你立刻動身前去。對方是身分高貴的人啊……」

「哪方面的人?」

這麼一問，讓博雅抱著胳膊支吾片刻。

「不能透露嗎?」

「不，不是不是，不是不能說。讓你知道是誰也沒什麼大礙。對方是菅原文時大人。」

「文時大人?你說的是菅原道眞公的孫子嗎?」

「正是，晴明……」

「是大約五年前，曾經奉天皇詔令，上奏三條款意見奉書的……」

「嗯。」博雅點頭。

菅原文時是當時的學術士人，深得天皇信賴。不但會作漢詩，也是學者。歷任侍書學士、尚書僕射、吏部侍郎、翰林學士等官職，最終官拜從三品。

「菅原大人出了什麼事啊?」晴明悠然地自斟自飲。

「菅原大人愛過的某個女人，曾是舞孃，那女人爲他生了個孩子，大致上就是這樣……」

「看來菅原公眞是老當益壯，還很年輕嘛……」

「不是，晴明，那是二十年前的事了。也就是說，是在他剛過不惑之年，約四十二、三歲的時候……」

「然後呢？」

「然後啊，那女人和孩子在上賀茂山中蓋了間茅屋，母子倆就住在山中。」

「唔。」

「結果啊，出現了。」

「出現了？」

「出現妖怪了！」

「原來如此。」

「通過上賀茂神社旁的小徑後，再走一會兒，是她們住的茅屋，妖怪就出現在那條小徑途中。怎樣？這就該你出馬處理了吧……」

二

聽說妖怪初次現身時，正好是一個月前的事。

那天夜晚……

菅原文時的兩名隨從走在那條小徑上。

那晚，菅原文時本來打算到那女人家，不料臨時生病，無法出門。兩名隨從帶著菅原公的和歌書信，在小徑上趕路。

穿過千年樹齡的繁茂杉樹林，便是稀疏雜木林的小徑。雜木林途中有座小山丘，山丘頂上附近，有塊巨大的檜木樹墩。

「正當兩人要通過樹墩的時候，出現了。」博雅說完就縮著脖子。

那是個有月光的夜晚。

然而，隨從走的是森林內的小徑。其中一人右手持著火把。雖然兩人都不是武士，但腰上都佩著長刀。

兩人走到依稀可見小徑右側樹墩的地方，走在前頭的男人突然停住腳步。這一停，讓後面的男人差點撞到他的背。

「怎麼了？」

「前面有人。」走在前頭拿著火把的男人說，「是個童子。」

「童子？」

後方的男人跨前一步，專注往前看。果然，在前方陰暗處，有團隱約泛白的物體。

剛好那附近的樹木稀疏，皎潔月光自天空灑落下來。有個全身宛如沾滿月光的人站在那裡。

再仔細瞧瞧，的確像是個童子。而且……

「喂，他沒穿衣服……」站在前頭的男人低聲說。

兩人戰戰兢兢靠近一瞧，果然是裸著身體的童子。

不過，不算全身赤裸，童子腰上纏著布巾。但是，除了腰上的布巾之外，身上沒有其他衣物，還光著白皙腳丫子。

年紀約九或十歲，留個童子頭，夜色裡仍可以清楚看到他紅通通的嘴脣，隱約帶著笑意。

「晴明啊，夠嚇人吧？換作我，搞不好會『哇』地大叫一聲，拔腿就跑。」

頭頂上，風吹得雜木林沙沙作響。

「你們想怎樣？想通過這裡嗎？」童子問。

「沒錯，想通過。」男人回答。

「不行，不准通過。」童子說。
「你說什麼！」兩人怒形於色。
此時，兩人已心裡有數，眼前這童子絕不是普通孩童。
兩人手按刀柄，小心翼翼地一步步挨近。正要走過童子身邊時，童子的身體突然開始膨脹。兩人來不及吃驚，童子已變成十尺多的巨人。
「哎呀！」
兩人拔腿想逃，不料童子舉起右腳，將兩人一同踩在腳底下。
那龐大身軀的腳勁與體重，讓兩人喘不過氣。
「好痛苦呀！」
「救命呀！」
兩人呻吟了整晚，等到恢復意識，已經是隔天清晨了。
回神一看，不見童子的蹤影，倒是兩人背上各擱著一根枯枝。
「那以後，每天晚上……也就是說，只要晚上有人經過那裡，那妖怪就會現身。」
「眞有趣。」
「別幸災樂禍，晴明。到目前爲止，已經有不少人在那附近遇到那妖怪了。」

總之，不管從哪個方向來，只要走到山丘頂上的樹墩附近，就會遇到那童子。

童子也一定會問過路人想不想通過。如果回答想通過，他就會說不准通過；若是硬要通過，就會用力將過路人踩在腳下。

如果過路人回說：「我不想通過。」

童子便會回答：「好，讓你通過。」

等過路人心驚膽跳地通過樹墩後，一鬆口氣卻又發現樹墩出現在眼前。心中疑惑萬千地通過樹墩後，走了一陣子，又會看到那樹墩。

結果，直到隔天清晨，過路人才會發覺，自己其實整晚都繞著樹墩團團轉。

「四天前，菅原公終於也碰到那個童子，而且還被踩在腳底下。」

據說，那童子踩著菅原公，對他說：「怎樣？被人踩在腳底下很痛吧？要是一輩子都這樣被踩在腳下，會更痛喔，更恐怖喔……」

小孩的口吻很老成。

這眞是太有趣了……晴明雖然沒說出口，但表情完全說出了心中感受。

那舞孃疑慮爲何菅原公遲遲不來，隔天清晨便出門探個究竟，這才發現菅原公和隨從背上都擱著枯樹枝，在山丘頂上趴著嗚嗚呻吟。

「晴明，怎樣？」
「什麼怎樣？」
「你能不能幫個忙？在這件事還未傳開之前，菅原公想先私下解決……」
「那是檜樹吧？」
「你指的是什麼啊？」
「那塊樹墩呀。」
「對。」
「是幾年前砍掉的？」
「聽說是四年前。樹齡好像有一千數百年，非常高大。」
「爲什麼要砍掉？」
「據說五年前，因爲雷擊燒掉了樹頂，之後就從燒掉的部分逐漸腐爛。要是腐爛的樹幹斷裂，恐怕會很危險，所以四年前砍掉了。」
「原來如此。」
「拜託啦，菅原公曾經熱心地教我書法和漢詩等學問。如果這樣下去，菅原公晚上就不能到心愛的女人身邊……」
「難道不能拜託叡山⑦的密教和尚或其他人嗎？」
「那裡的和尚大多口風不緊，要是拜託他們處理，菅原公讓枯樹枝壓了

⑦為「比叡山」的簡稱，位於今日本國京都滋賀縣。自古以來，便是靈山聖地，為近畿百岳之一。

一整晚、還呻吟直到早上的事，肯定會立刻傳開。」

「我也不見得守口如瓶喔。」

「不會啦，晴明，我很了解你。我拜託你務必守密的事，你是絕不會說出口的。」

晴明露出苦笑的表情，斟滿自己的空杯，一口氣喝光。

「那麼，走吧，博雅。」晴明擱下酒杯。

「去哪裡？」

「上賀茂啊。」

「什麼時候？」

「今晚啊。」

「今晚？」

「要去，就只能今晚去。明天我得去教王護國寺。不過，或許今晚也能把那邊拜託的事一同解決。」

「太感激了。」

「走。」

「走。」

事情就這樣決定了。

三

雨停了。取而代之的是霧氣。

大氣中瀰漫著濃密的細微水氣。晴明和博雅走在潮濕的草地上，左側傳來賀茂川的潺潺水聲。

再過不久，兩人便會遠離賀茂川，走進前往上賀茂神社的坡道。

上賀茂神社，正式名稱是「賀茂別雷神社」。祭奉的「別雷神」是自然界的神明，因此神社裡不擺設神體。

博雅舉著火把；晴明則宛如喝醉了，一臉恍惚，走在霧氣中。

霧氣只低漫在地面，天空清朗，抬頭可見朦朧蒼白的月色。

兩人走在這奇特的月色中。

「晴明啊，你怕不怕……」博雅問。

「當然怕。」

「可是，你說話的樣子，聽起來一點都不怕。」

「是嗎？」

「我怕。」博雅說完，更是怕到拱肩縮背。

「其實我很膽小的，晴明……」博雅咕嚕一聲，吞下嘴巴裡的口水。

不知何時，兩人已遠離賀茂川，開始走在前往上賀茂神社的斜坡。

「雖然是個膽小鬼，但是另一個自己卻不願接受膽小鬼的自己。我總覺得，那另一個自己，老是逼迫我往可怕的地方前進。我無法解釋這種心境，只知道大概因爲自己的身分是武士，才會這樣吧。」博雅拐彎抹角說道。

這故事的設定中，博雅的身分是武士。雖是武士，但他身上流著皇族的血統。博雅的父親是醍醐天皇的第一皇子克明親王。

「話說回來，晴明，我有件事想問你。」

「什麼事？」

「今天中午，你說的話很怪。」

「怪？」

「你不是說，也許今晚就能順便解決護國寺那邊的問題嗎？」

「嗯，我是說過。」

「那到底是什麼意思？這件事和護國寺的事件有關係嗎？」

「大概有關吧。」

「什麼關係？」

「別急，我邊走邊講給你聽。」

「好。」

「今天你不是在我家碰到一位僧侶?」
「嗯。」
「那僧侶名叫玄德,我跟你說過了,他是教王護國寺的佛像雕刻師……」
晴明開始說明來龍去脈。

小徑也穿入千年之久的杉樹林中。

四

兩年前,玄德開始雕刻四大天王像,總共要雕四尊。

四大天王是守護須彌山東、南、西、北四方的尊神。分別爲南方增長天王、東方持國天王、西方廣目天王、北方多聞天王。

雕刻材質是四塊古檜木,因爲護國寺得到了樹齡一千數百年的檜木。

檜木砍下之後,得先風乾兩年。玄德正準備著手雕刻時,那檜木剛好送來了。

玄德首先雕刻的是南方增長天王,花了半年才完成;其次是東方持國天王;第三尊是北方多聞天王。每一尊天王都各花了半年雕成。西方廣目天王是最後一尊。

一個月前，玄德先雕成邪鬼，接著準備雕廣目天王的神體。

就在那廣目天王即將完成時，突然發生怪事。

四尊尊神腳底下原本各自緊緊踩著一隻邪鬼。剩沒幾天就要完成廣目天王的雕刻神體時，某天晚上，廣目天王腳底下的邪鬼突然不見了。

「不見了？」晴明問玄德。

「是的，消失了。」

每尊雕刻天王像，從臺座到邪鬼、尊神，都出自同一塊檜木。以廣目天王爲例，廣目天王的右腳腳底，理應與踩著的邪鬼背部連爲一體。

豈知，腳底下的邪鬼卻消失了。看不出有人用鑿子割離的痕跡。

邪鬼消失的那天中午，廣目天王腳底下確實還踩著邪鬼。這點玄德確認過了。

當晚，玄德起身如廁，突然想看廣目天王的雕刻像。這也難怪，持續兩年的工作，總算即將完成。

如廁後，玄德點起燭光，跨進雕刻室。這時，玄德卻發覺邪鬼不見了。

然而——

第二天早上，玄德再度跨進雕刻室時，竟發現邪鬼又回到廣目天王腳底下。

難道昨晚看見的光景是夢境？

這天，玄德一如往常繼續工作。傍晚時，工作結束，玄德惦記起昨晚的怪事。

「好吧，乾脆今晚全部完成。」玄德喃喃自語。

雖然明天可以全部結束，但只要今晚再加一把勁，應該就能完成。

玄德下了如此決心。

於是，吃完晚飯後，玄德準備了燭火，再度回雕刻室一看……

「邪鬼又不見蹤影了。」

這回，直到第二天、第三天，邪鬼都沒回歸原位。

到了第四天，玄德終於按捺不住，避人眼目地來到晴明宅邸。

寺院那方毫不知情。

玄德說，如果讓寺院知道這件事，寺院可能會除去他佛像雕刻師的職位。

「邪鬼之所以消失，大概起因在我。」

「這話怎麼講？」

「晴明大人，您知道別尊法嗎？」

所謂別尊法，是將釋迦牟尼與觀音菩薩以外的諸多眾神，個別當成主佛來供養的修法。

『別尊法種類很多，不但能口授，而且歷代師傅的修法都不一樣。我不知道所有修法，不過，算得上略知一二。』

玄德的意思是，眾神若是四大天王的話，便有將四大天王供奉爲主佛的方法。

「我們每次雕刻佛像時，不管雕刻的是什麼佛像，總是全心全意專注在那佛像上。也就是說，在雕刻期間，那佛像相當於我們雕刻師的主佛。」

因此，玄德每次在雕刻新佛像之前，必定會先灑冷水淨身。而雕刻的若是尊神，也會先修法將尊神供奉成主佛後，才動手雕刻。

然則——

「雕刻廣目天王時，我沒履行修法……」

五

「這樣說來，晴明啊，你……」博雅由於興奮過度，說話有點結結巴巴。

「事情正是如此。」

「可是，難道說……」

「那是樹齡一千數百年的檜木，精氣當然不同凡響，又是手藝超群的雕刻師全神貫注雕出的邪鬼。再說，那邪鬼又比本來應該踩在他身上的尊神先完成。總之，等一下便能眞相大白了。看吧，前面那地方應該就是那山丘頂吧……」

兩人已走在雜樹林中的小徑。左右兩旁草叢蔓生，晴明和博雅的衣擺已濕透了。

頭頂上的樹葉沙沙作響。樹葉上方，正是帶著一圈月暈的昏黃月亮。

「喔！是那個吧？」晴明頓住腳步說。

博雅立在晴明身邊，探頭望向前方。襯映著上空朦朧月光，前方有個隱約可見的白色東西。

「走吧。」晴明若無其事地跨出腳步。

博雅嚥下一口唾液，才認命般地跟在晴明身後。

晴明來到山丘前，果然看到一塊巨大樹墩，樹墩旁站著裸身童子。

童子見到晴明和博雅，淡紅色嘴唇左右拉開笑了出來。白牙齒在紅色嘴脣之間閃了一閃。

「想通過嗎？」童子發出微細但清亮的聲音。

「唔……你說呢？」晴明事不關己地回應。

「到底想通過？還是不想通過？」童子再度問道。

「唔……」晴明回道。

「你到底想怎樣？」童子的頭髮豎起來，眼睛增大了將近一倍。雙脣卻依然維持著原有的淡紅色。

「你呢？打算怎樣？想讓我們通過呢？還是不想讓我們通過？」

「什麼？」童子的嗓音變成大人的嘶啞聲。

「我們就照著你說的去做好了。」

「不！我才不照著我說的去做呢！」

「那你要照著我說的去做？」

「不！」

「你說是了？」

「我沒說是！」童子大大咧開嘴巴，露出巨大舌頭和獠牙。

「那就奇怪了，到底怎麼回事呢？」

「你是來愚弄我的？」

童子的外型已經不再是個孩子。身軀雖小，卻是個妖鬼模樣，每次開

口，嘴巴都會冒出翻滾的青色火焰。

妖鬼離開樹墩旁，打算撲向晴明。

「晴明！」博雅丟下手中火把，拔出腰上的長刀。

這時——

晴明對著撲向自己的妖鬼伸出右手食指與中指，再朝半空畫符。

「嗡、狄哈、藥叉、綁答、哈、哈、哈、搜哇卡！」晴明嘴裡唸著眞言咒語。

藥叉天聽命。扎縛起來，扎縛起來。成就。

突然之間，妖鬼便全身僵住了。

「你……你……那是……」

「是庚申眞言。」

晴明還未說畢，妖鬼的身軀便蜷曲半彎起來，一骨碌躺在草叢中。

「喂！」

待博雅舉著長刀趕過來時，只見地上躺著一具木刻邪鬼。

邪鬼的身子折成兩半，俯趴在地，正是被廣目天王踩在腳底下的姿勢。

「他本來是跟那塊樹墩連在一起的，要是不讓他離開那樹墩，我也沒辦法制伏……」

「這就是玄德雕刻的那座廣目天王的邪鬼？」

「沒錯。」

「剛剛那咒語呢？」

「是大和眞言。」

「大和眞言？」

「眞言本來是天竺的咒語，不過剛剛我唸的眞言是大和國的咒語。眞言宗的佛像雕刻師在雕刻四大天王時，必須唸這個庚申眞言。」

「原來如此。」

「正是如此。」說畢，晴明隨意瞄向一旁的樹墩。

「嗯？」晴明走到樹墩旁，伸手觸摸樹墩邊緣的樹皮。

「怎麼了？」

「博雅，這樹還活著。」

「還活著？」

「嗯。其他部分幾乎都腐爛枯死了，但這部分勉強還活著。大概這部分的樹根特別強壯吧。」

晴明再度伸手貼在樹皮上，口中低聲朗誦起咒語。

過了好長一段時間，長得可以察覺昏黃月亮逐漸西傾。晴明的手一直貼在樹皮上，口中低聲唸著咒語。

然後……咒語聲停止了，晴明緩緩移開樹墩上的手。

「喔……」博雅情不自禁地叫出聲。

原來樹墩上由晴明的手貼著的地方，出現了一葉細小得幾乎看不清的綠色嫩芽。

「再過千年，這兒應該還會聳立著巨大檜樹吧。」晴明喃喃自語，仰頭望著上空。

本來籠罩著月亮的霧氣，這時突然裂開了。一道青色月光，自上空靜悄悄地跌落在晴明身上。

卑鄙法師

一

某個秋天黃昏，博雅心事重重地來到安倍晴明宅邸。

這男人每次來找晴明時，總是單獨一人出現。

源博雅，是醍醐天皇第一皇子兵部卿親王之子，官位從三品的皇親貴戚。照理說來，一位不折不扣的王公貴戚應該不可能在這個時刻，身邊沒帶隨從、也沒坐牛車，單獨在外面徒步閒逛。不過，這男人就是這樣，有時候甚至會魯莽行事。

例如，有一次，皇上的玄象琵琶失竊時，他竟於深更半夜只帶一名書僮，遠征到羅城門。

總之，在這個故事中，博雅是位血統尊貴的武士。

話說回來。

博雅一如往常跨進晴明宅邸的大門。

「呼……」博雅吐出一口類似嘆息的呼氣。

眼前是秋色原野。

敗醬草、紫苑①、瞿麥②、草牡丹③……還有其他眾多博雅不知其名的野草，繁茂地長滿了庭院。有些地方可見芒草穗隨風搖曳，有些地方卻是野菊

①日文為「紫苑（しおん，shion）」，學名為*Aster tataricus*。中藥上可止咳化痰。

②日文為「撫子（なでしこ，nadeshiko）」，別名「大和撫子（やまとなでしこ，yamato-nadeshiko）」，學名為*Dianthus superbus var. longicalycinus*。秋天七草之一。

③日文為「草牡丹（くさぼたん，kusabotan）」，學名為*Clematis stans*，毛茛科鐵線蓮屬植物，因葉片形狀與牡丹相似而得名。

和瞿麥交互叢生，開得花枝招展。

唐破風式的圍牆下，胡枝子④枝頭開滿紅花，沉甸甸地垂著。

這庭院看似無人整理。一眼望去，整座庭院任野草自生自滅。

這模樣簡直是——

「跟荒野差不多。」博雅欲言又止的表情彷彿這麼說著。

不過，奇怪的是，博雅並不討厭晴明這花草繚亂盛開的庭院，甚至有點欣賞。

或許晴明並非聽任花草自生自滅，某些地方可能隱藏著晴明不爲人知的意向吧。

總之，這庭院景觀不是一般的荒野，其中似乎仍存在某種不可言喻的秩序。

至於到底有些什麼秩序，實在無法形容也無法說明，但很可能正是這種不可言喻的秩序，令人對這庭院產生好感。

就拿目光所及之處來說吧，看不到有哪種花草長得特別旺盛或特別多。話雖如此，卻也不表示每種花草都一樣多。有些花草較多，有些較少，但整體望去卻極爲調和。

而這種調合，究竟是偶然或基於晴明的刻意安排，博雅就不得而知了。

---

④日文為「萩（はぎ，hagi）」，學名*Lespedeza bicolor Turcz.*，豆科胡枝子屬植物，多年生落葉亞灌木。秋天七草之一。

雖然不知道眞相，不過博雅私下認爲，在某種程度上，這庭院的風景一定與晴明的意向有關。

「晴明，在家嗎？」博雅朝宅邸裡屋叫喚。

裡頭卻無人出聲回應。

就算有人出來迎客，但不管對方的樣子是人或動物，一定都是晴明操縱的式神之類的。

不知是哪一次，出來迎客的竟是一隻會講人話的萱鼠。

因此，博雅不僅往宅邸裡探看，也注意著腳邊。然而，卻什麼都沒出現。

環繞在博雅周圍的，依然是秋色原野。

「不在家嗎……」博雅輕聲自言自語了一句，聞到風中傳來甘甜香氣。

那股妙不可言的香味，融化在大氣中。而且那股香味似乎在空氣的某一層中格外濃郁，只要博雅轉動脖子，便會隨著博雅的動作而忽強忽弱。

奇怪……博雅歪著頭，到底是什麼香味？

雖然聞得出是花香。

菊花嗎？

不，不是菊花。那香味比菊花更甘甜，既馥郁又芳醇。那味道簡直可以

溶化大腦核心。

博雅循著香味跨進草叢中。

踏著叢生野草，他繞過宅邸側面。

太陽已經落至山峰了。

夜色正逐漸自宅邸或圍牆的陰暗處一點一點湧出，打算融化於大氣中。

冷不防——

博雅看見不遠處的草叢中，佇立著一棵約有三人高的樹。

他不是第一次看到這棵樹。

之前來晴明宅邸時，已看過好幾次。只是，與過去不同的是，這回樹枝上有無數類似果實又看似花朵的黃色東西。

看樣子，那股甘甜香氣正是從這棵樹散發出來的。

往前靠近，香味更加濃郁起來。

博雅在樹前停住腳步，因爲他發現樹梢上有個蠕動的東西。

是個白色人影。

有人爬到樹上，不知在做什麼。

咚一聲，博雅腳邊落下一樣東西。

仔細一看，是一根結滿了跟樹上一樣不知是果實還是花的小樹枝。博雅暗忖，既然香味這麼濃郁，這應該不是果實而是花吧。

咚……又一根樹枝落下，花兒散滿一地。

頭上傳來輕輕折斷樹枝的聲音。

原來從剛剛開始，樹上的人就一直用細長手指折斷開滿黃花的樹枝，再往下拋。

再定睛細看，樹的四周密密麻麻鋪滿了黃花，宛如地毯。

奇怪的是，那人影雖在枝葉繁茂的樹梢間，卻絲毫不受樹枝阻礙，動作極爲靈活。

看樣子，那人影的身體似乎可以像空氣般，自由自在穿梭於枝葉之間。

博雅瞇起眼睛，想看清樹上的人影到底是誰。

然而，愈是想看清那張臉，愈覺得對方的眼睛、鼻子、嘴巴以及臉型輪廓都模糊不清。明明看得到那張臉，卻愈看愈不確實。

有如只是一個外型像人的幻影。

是式神嗎？

待博雅想到時，那朦朧恍惚的臉龐突然清晰起來。

臉龐對博雅微笑著。

「晴明……」博雅輕聲叫出來。

「喂，博雅……」斜後方傳來呼喚博雅的聲音。

博雅回頭一看，發現身穿白色狩衣⑤的晴明正盤坐在後院窄廊⑥。他右肘擱在右膝上，撐著右手，手掌則支著下巴，臉上掛著微笑，觀看著博雅。

「晴明，你，剛剛不是在那樹上……」

「沒有啊，我一直坐在這裡。」

「可是，那樹上……」

博雅回頭望向樹梢。豈知，樹梢上已不見任何人影。

「是式神？」博雅轉頭向晴明問道。

晴明原來支著的臉一揚，回道：「也可以這麼說吧。」

「你讓式神做什麼？」

「就像你看到的一樣啊。」

「我不是這個意思，我當然知道自己看到什麼。有人在那樹上折樹枝往下拋……」

「正是如此。」

「可是我不知道爲什麼要這樣做，所以才問你呀。」

「等一下就知道了。」

「等一下？」

⑤男裝。原為狩獵時所穿的衣服，於平安時代演變為貴族平日所穿的便服。

⑥日文為「濡れ縁（ぬれえん，nureen）」，為搭在落地窗外的長臺，離地約數階高，可坐在其上休憩。

「嗯。」

「等一下我怎麼知道？」博雅耿直回應。

「別急，博雅，這兒已準備了酒。你過來跟我一起喝酒，順便悠閒地觀賞庭院，自然就會知道爲什麼了。」

「唔，唔……」

「過來吧。」

晴明右手邊擱著個托盤，托盤上有一瓶酒和兩只酒杯。另一盤子上有魚乾。

「算了，總之我先到你那兒。」

博雅從庭院直接抬腳跨上窄廊，坐到晴明身邊。

「你倒是準備得很周到，好像事前已經知道我會來的樣子。」

「博雅啊，如果你不想讓人知道你要來，經過一條戾橋時，最好別自言自語。」

「我在橋上又自言自語了？」

「你不是說了，『不知道晴明在不在家？』」

「難道又是你養在戾橋下的式神告訴你的？」

呵呵。

晴明那紅色雙脣浮出不以爲意的微笑。

在這之前，晴明已在兩只酒杯中斟滿了酒。

那不是普通酒杯，而是琉璃酒杯。

「這……」博雅叫出聲來，「這不是琉璃嗎？」

博雅舉起酒杯仔細端詳。

「噫，這酒也不是普通的酒。」

一看之下，酒杯內盛著紅色液體，雖然聞香便知道是酒的一種，卻是博雅至今從未見過的酒。

「你喝喝看，博雅……」晴明勸道。

「裡頭沒攙放毒藥吧？」

「放心吧。」

晴明先舉起酒杯喝了一口。

博雅見狀，也跟著喝了一口。

博雅微微含了一口那紅色液體，再緩緩吞下。

「太好喝了。」呼……博雅吐出一口氣，「簡直滲透了整個脾胃。」

「酒杯和酒，都是大唐傳過來的。」

「原來是來自大唐……」

「嗯。」

「不愧是大唐，什麼奇珍異物都有。」

「從大唐傳過來的不只這兩樣，佛教和陰陽道的根基，也都是從大唐和天竺傳過來的。另外……」晴明的視線移向庭院那株樹，「那個也是。」

「那個也是？」

「那是桂花樹。」

「喔。」

「每年這時期，都會聞到桂花香。」

「晴明啊，我覺得聞到這香味，會讓人情不自禁地想起意中人。」

「呵，博雅，你有嗎？」晴明問。

「有什麼？」

「你的意中人呀。你剛剛不是說，只要聞到桂花香味，就會想起意中人嗎？」

「不，沒有，那不是說我自己。我只是舉例說出人的心境而已。」博雅趕忙辯解。

晴明那微微泛紅的嘴唇含著微笑，不亦樂乎地注視博雅。

突然，晴明轉動了視線。

「喔，你看……」
尾隨著晴明的視線，博雅也朝同一處望去。
視線彼端，正是那株桂花樹。
桂花樹前的大氣中，瀰漫著一團類似煙靄的東西。
此時，夜色已經潛入大氣中了。
那團煙靄中，有個散發出燐光的朦朧東西正逐漸凝聚。
「那是什麼玩意兒？」
「我剛剛不是說等一下就知道了？」
「那玩意兒跟剛剛折樹枝往下拋的動作有關？」
「正是這回事。」
「到底是怎麼回事？」
「你安靜看嘛。」晴明回應。
短短幾句話之間，懸空的那東西緩緩地增加密度，開始形成某種形狀。
「是人……」博雅小聲地說。
看著看著，那東西變成身穿十二單衣的女人。
「她是薰……」晴明說。
「薰？」

「是在這時期負責我身邊種種瑣事的式神。」

「什麼？」

「直到花落之前，大約僅有十天左右吧。」

晴明舉起酒杯，含了一口杯中的葡萄酒。

「可是，晴明，這跟折樹枝往地面拋到底有什麼關連？」

「博雅啊，想要召喚式神其實不簡單。在地面上鋪桂花，是爲了讓薰更容易現身。」

「到底是什麼意思？」

「博雅，舉個例來說，如果叫你突然跳進冷水中，你辦得到嗎？」

「如果是皇上的命令，可能辦得到吧。」

「不過，那也需要勇氣吧？」

「嗯。」

「但是，如果先泡了溫水再跨入冷水，不是比較輕鬆嗎？」

「說得也是。」

「那些拋在地面的花，正是同樣的道理。要呼喚樹之精靈出來當式神，如果讓她直接出現在樹的外界，等於叫她直接跳進冷水一樣。但如果讓她先接觸一些充滿自己身上香味的空氣，樹之精靈不是比較容易現身嗎？」

「原來是這麼一回事。」

「正是這麼一回事。」

晴明又望向庭院。

「薰。」晴明叫喚庭院的女人，「麻煩妳到這兒來，爲博雅大人斟酒吧。」

是……薰的嘴唇稍動，短促回應了一聲，文靜地朝窄廊走來。

薰無聲無息、輕飄飄地跨上窄廊，陪侍在博雅身邊。伸手捧起酒瓶，在博雅的空酒杯內注入葡萄酒。

「眞不好意思。」博雅接過葡萄酒，畢恭畢敬地一口喝乾。

二

「話說回來，晴明啊，蟬丸大人不是在逢坂山搭了間小庵隱居嗎？最近我開始有點體會蟬丸大人的心境了。」博雅邊喝葡萄酒、邊嘆了一口氣。

「怎麼了？突然說這種話……」

「別看我是老粗，其實我也有自己的感慨。」

「什麼感慨？」

「我覺得，人的慾望是一種悲哀的東西……」博雅不勝感喟地說。

晴明凝視著博雅。

「發生了什麼事嗎？博雅……」

「倒也不是發生了什麼大事，前些天，橫川的僧都因病過世了，你知道吧？」

「知道。」晴明點點頭。

所謂橫川，是比叡山三塔之一，與東塔、西塔並列。

「那位僧都是很了不起的人物，不但博學多聞、信仰虔誠，連臥病在床的期間，仍然每天不忘唸佛。所以，當那位僧都過世後，大家都認爲他一定前往了極樂世界……」

「難道不是嗎？」

「嗯。」

僧都的葬禮結束後，七七之期也過了，其中一位僧侶弟子接收僧都的僧房，住了進去。

某天，那位僧侶偶然抬頭望向架子，發現架上有個白色小素陶罐子。那是已故僧都生前用來盛醋的罐子。

僧侶隨手拿下罐子，打開來看。

「晴明啊，聽說那罐子裡竟然盤踞著一條黑蛇，還不時吐出紅色舌頭。」

那晚，已故僧都出現在僧侶夢中，涕淚縱橫地說：

「誠如你們所知，我專心一志想極樂往生，眞心誠意地唸佛，臨終前也心無雜念。不料，就在斷氣那一刻，突然想起架上那個醋罐，想到自己死了之後，不知道那罐子會流傳到誰的手中。僅僅一次在臨死前浮現腦中的雜念，竟然成爲對塵世的執著，化爲一條蛇，盤踞在那罐子裡。因此，我到現在還無法成佛。能不能請你以那個罐子爲誦經費，爲我祭奠一段經文？」

僧侶依照囑託去做，結果不但罐子裡的黑蛇消失了，那以後，僧都也不再出現於僧侶的夢中。

「連叡山的僧都都如此了，於是我想到，我們這些凡夫俗子不就更難捨棄慾望嗎？」

「嗯……」

「話說回來，晴明啊，難道只不過心懷慾望，就難以成佛了嗎？」

此時的博雅，已經酒酣耳熱、雙頰泛紅了。

「我總覺得，毫無慾望的人，似乎不能算是人了。既然如此……」

博雅乾下酒杯內的酒：「我寧願當個普通人。晴明，這就是我最近的感慨……」

博雅不勝感喟地說。

薰在空酒杯內又注入葡萄酒。

夜色已造訪庭院。不知不覺中，宅邸內也已點起無數搖曳的燭光。

晴明以體貼的眼光望著滿臉通紅的博雅。

「人，是無法成佛的……」晴明輕聲細語說道。

「不能成佛嗎？」

「是，不能成佛。」

「德高望重的僧侶也不行嗎？」

「唔。」

「再怎麼束身修行也不行嗎？」

「正是。」

博雅深思著晴明的話，沉默了一陣子。

「那不也是很悲哀的一件事嗎？晴明。」

「博雅，人可以成佛的說法，是一種幻想。佛教對於天地之理，自有一套條理井然的理念，只有『人可以成佛』這一點，長期以來我始終無法理解。不過，最近我總算開竅了，原來正是這個幻想在支持佛教的；正因爲有這個幻想，人才會得到拯救。」

「……」

「將人的本性比喻爲佛，其實是咒的一種。所謂芸芸眾生皆能成佛的說法，就是一種咒。如果眞有人成佛了，那也是咒的力量讓人成佛的。」

「是嗎？」

「你放心，博雅，人只要是人就可以了。博雅也只要是博雅就行嘍。」

「我不大懂咒的道理，不過只要聽你講的話，每次都可以寬下心來。」

「話說回來，你爲什麼突然提出慾望之類的問題呢？是不是跟今天來找我的目的有關？」

「對，你說得沒錯。晴明啊，剛剛因爲薰而岔題了，沒機會說出來。我正是有事要找你幫忙。」

「什麼事？」

「老實說，這件事很麻煩。」

「怎麼麻煩？」

「我有位友人住在下京，名爲寒水翁，是個畫家，你就這樣認爲吧。」

「唔。」

「他雖然自稱寒水翁，不過年紀約三十六歲。不但會畫佛畫，而且只要有人請他畫，他也可以在紙門或扇子上揮灑自如地畫些松樹、竹子或鯉魚之類的。那男人目前正遭遇很麻煩的事。前些天，那男人來找我商量，聽他述說了來龍去脈後，我發現自己根本幫不上忙。晴明啊，因爲那問題似乎是你的分內工作。所以我今天才特地來這兒找你……」

「我們先不管那問題是不是我的分內工作，博雅，你能不能先告訴我有關那寒水翁的事？」

「嗯。」博雅點點頭，「事情是這樣的……」

博雅開始娓娓道來。

三

前一陣子，以西京那一帶爲中心，有個名爲青猿法師的男人，到處在十字路口表演魔術給人看，以換取賞錢。

有時候會將觀眾於雨天穿的高齒木屐或破草鞋、草屐等變成小狗，讓小狗四處奔竄；有時候又會從懷中掏出吱吱叫的狐狸。

青猿法師以觀眾拋擲的賞錢爲生，他的魔術廣受好評。

偶爾還會不知從那兒牽來牛馬，表演從牛馬的臀部鑽進去，再自牛馬的嘴巴爬出來的魔術。

某天，寒水翁偶然路過，看到了青猿法師的魔術。

寒水翁本來便對這種精奇古怪的法術非常感興趣，看到青猿法師的魔術後，竟如痴如迷，不可自拔。

寒水翁每天遊逛各處十字路口，追趕著青猿，結果，自己也興起想習得魔術的念頭。

念茲在茲之餘，寒水翁終於向青猿開口：「能不能請您傳授這魔術給在下？」

據說，當時青猿回道：「此魔術不能輕易傳授給他人。」

青猿根本不把寒水翁的請求當一回事，但是，寒水翁當然也不因此而退卻。

「這點請您務必大開方便之門。」

「眞沒辦法。好吧，如果你眞有心想學習這魔術，倒也不是全無門路。」

「您肯傳授給在下嗎？」

「哎，別那麼性急。傳授者不是我。日後我可以帶你到某位大人那兒，到時候你再向他請教。我能夠辦到的，只是帶你到那位大人那兒而已。」

「萬事拜託了。」

「不過，帶你去之前，你必須遵守我說的幾個條件，辦得到嗎？」

「請您儘管吩咐。」
「首先，你必須不爲人知地齋戒淨身七天，再準備一個全新的木桶，木桶內盛著乾淨年糕，自己揹著。那時候你再來我這兒。」
「遵命。」
「還有一點，如果你眞的立志想學習這祕術，千萬要遵守我說的另一件事。」
「什麼事？」
「那就是，身上絕對不能帶刀來。」
「這好辦，不帶刀就是了。在下是虛心求教的人，絕無異議。」
「那麼，千萬記住，絕對不能帶刀……」
「是。」
就這樣，寒水翁回家後立即淨身，並圍上避邪稻草繩，閉門謝客，躲在家裡齋戒了七天。此外，也做了乾淨年糕，盛在全新的木桶內。
正準備去青猿法師那裡時，他突然在意起禁止帶刀的事。
爲什麼不准帶刀呢？
那法師刻意提出禁止帶刀的事，實在愈想愈奇怪。如果身上不帶刀，萬一發生什麼意外怎麼得了？

寒水翁前思後想，最後決定偷偷帶一把短刀去。

他十分仔細地把短刀磨了又磨，小心翼翼地藏在懷裡，然後出門到法師那兒。

「在下按照您的吩咐辦了。」寒水翁向青猿法師說。

「你絕對沒帶刀來吧……」法師再度叮囑。

「當然。」寒水翁出了一身冷汗，點點頭回道。

「那麼，走吧。」

寒水翁肩上挑著木桶，懷中藏著短刀，跟在法師身後。

走著走著，法師逐漸走進一座不知名的山中。

寒水翁開始有點感到恐懼，但還是跟隨在法師身後。

過了一陣子，法師停下來。

「肚子好餓。」法師回頭向寒水翁道，「就吃那年糕吧。」

寒水翁卸下肩上的木桶，法師伸手抓了年糕，狼吞虎嚥起來。

「你也要吃嗎？」

「不，在下不必了。」

寒水翁再度挑起變輕的木桶，跟隨法師步入更深的山中。

不知不覺，已是黃昏。

「哎呀，眞是不容易，竟然跑到這麼遠的地方來。」寒水翁自言自語。

兩人繼續往前走，太陽下山時，才來到一間清爽整潔的僧房。

「你在這兒等一下。」

法師讓寒水翁在外面等，逕自走進僧房。

寒水翁觀看著法師，只見法師在小籬笆前停下來，咳了兩聲。

然後，有人拉開裡屋的紙格窗，接著出現一位老僧。

仔細一看，那老僧睫毛很長，身上的服裝也看似文雅高尚，但鼻子似乎稍嫌尖了點，嘴裡露出長長的牙齒。

而且，有一陣腥臊味的微風從那老僧身上吹過來。

「你好久沒來了。」老僧向法師低道。

「小輩久違大人，尚請大人見諒。小輩今天帶來了禮品。」

「禮品？」

「是。有個男人說想侍奉大人，小輩帶他來了。」

「你大概又跟以往一樣瞎說八道了些什麼，把人家拐來的吧。那人在哪裡？」

「就在那邊……」

法師回過頭來。
法師與老僧兩人的視線，和寒水翁的視線對上。
寒水翁輕輕點了個頭，心臟早已像打鼓似地怦怦直跳。
隨後，又出現兩個手舉燭光的小和尚，在僧房四處點上燭火。
「過來吧。」
法師呼喚寒水翁，寒水翁只好硬著頭皮跨入門內。
寒水翁立在法師旁邊，法師從寒水翁手裡接過木桶，擱在走廊地板上。
「是年糕。」
「看起來很好吃……」老僧的紅舌隱約可見。
此時，寒水翁實在很想立刻回家。
這法師和老僧都很可怕。寒水翁其實很想「哇」地大叫一聲，拔腿逃之夭夭，但只能強忍著。
「結果怎麼樣？那男人沒在懷裡暗藏刀具吧？」老僧目光如炬，望著寒水翁說道，「要是想用刀具剝老夫的皮，那可不得了……」
寒水翁感到一種難以名狀的恐懼。
「是，已經再三吩咐過了……」法師回道。
「不過，還是小心為妙。來人啊……」老僧叫喚了小和尚。

「是。」

「你去探一下那男人的懷裡，看他有沒有暗藏刀具。」

小和尚走下庭院，朝寒水翁這邊過來。

啊呀！寒水翁內心暗叫不妙。小和尚眞來搜身的話，懷中暗藏短刀的事便會東窗事發，到時候豈不糟糕？自己一定會喪生在那法師和老僧手下。

既然都是死路一條，不如用懷中短刀砍那老僧一刀。寒水翁暗忖。

小和尚過來了。

小和尚挨過來，看寒水翁一眼。

「哎呀！」小和尚叫出聲。

「怎麼了？」老僧問道。

「這位客官，全身抖個不停。」

就在大家還未聽清楚小和尚到底說些什麼時，冷不防——

「哇呀！」寒水翁拔出懷中短刀大叫一聲，一把推開了小和尚，跳到走廊上。

才一跳起來，便朝著老僧猛撲過去。

「啊呀！」寒水翁持著短刀砍向老僧。

正以爲砍中時，耳邊傳來叫聲。

「危險！」老僧大叫一聲，轉眼便消聲匿跡。

同時，小和尚和僧房也消失了。

寒水翁環視四周，發現自己身在一座不知名的佛堂中。

再仔細觀看，發現帶他來到這兒的法師正在一旁渾身發抖。

「完了，你怎麼做出這種膽大包天的事！」

法師說畢，又朝著寒水翁大哭大罵：「本來你只要乖乖讓老僧吃掉就沒事了，反正你也活不成。結果，你這麼一攪和，我的命運就跟你一樣了！」

法師抬臉仰天，「嗷嗚！嗷嗚！」地大聲哭泣起來。

大吼大叫之際，法師的外型逐漸變化。

仔細一看，原來法師已變成一隻青色的大猴子。

嗷嗚！嗷嗚！

大猴子一邊哭泣、一邊跑出佛堂，消失在深山內。

四

「以上這些事，正是我友人寒水翁的遭遇。」博雅說。

這時，太陽早已下山了。

「寒水翁正因爲懷有想學魔術的無聊慾望，才會遭遇可怕的經驗。」

「然後呢？」

「那天，寒水翁好不容易才回到家，可是，三天後的晚上，又發生了一件很可怕的事。」

「什麼事？」

「唔。」

博雅點點頭再度描述起來。

寒水翁雖然平安到家，卻驚恐萬分。

……反正你跟我都是死路一條。大猴子的警告始終縈繞在耳邊，想忘也忘不了。

寒水翁躲在家中，不會見任何人。過了三天之後的晚上，有人在外面叩叩敲門。

寒水翁因爲害怕而不敢出聲。

「是我啦！是我啦！」門外聲音響起。正是那名大猴子法師的聲音。

「我有好消息要告訴你，能不能出來開門呀？」聲音很快活。

寒水翁以爲事態大概好轉了，便出去開門，沒想到門外空無一人。

但見月光如水，灑滿了一地。

眞是奇怪！寒水翁暗忖。

冷不防，上空掉下來一樣看似很重的東西。

定睛一看，原來那大猴子的頭顱正血淋淋地掉落在月光映照的家門前。

寒水翁倒抽了一口氣，正想發出悲鳴時，上空又零零落落掉下一些東西。

都是大猴子的手足、身體，以及從腹內揪出來的五臟六腑。

「三天後的晚上，我會再來。」

地上的猴子頭翻動著嘴脣，發出老僧的聲音。

再仔細一看，大猴子口內蠕動的舌頭，沾滿了糞便。

「所以今天中午，寒水翁才到我那兒找我商量。整件事情就是這樣。」

「對方說的『三天後的晚上』是什麼時候？不會是今晚吧？」

「是明天晚上。」

「唔，那就還有辦法得救……」

「什麼辦法？」

「沒時間向你說明了，現在也沒辦法多做準備。總之，那是相當棘手的對手。」

「那麼難應付？」

「嗯。博雅，你聽好，千萬要記住我所吩咐的事項。」

「好，儘管吩咐吧。」

「明天傍晚之前，你先到寒水翁那兒，緊閉所有門窗，然後兩人躲在家裡。」

「知道了。」

「我等一下再寫符咒給你。你將符咒貼在家中的子、丑、寅、卯、辰、巳、午、未、申、酉、戌、亥，還有東北、東南、西南、西北這些方位。」

「然後呢？」

「先這樣，那妖物便無法進門了……」

「噢，那太好了。」

「不，一點都不好。妖物知道無法進屋後，就算想盡辦法也要闖進屋內。你聽好，只要躲在屋內的人願意開門讓妖物進去，那無論貼什麼符咒都沒用……」

「唔，嗯。」

「總之，不管發生什麼事，都不能開門讓任何人進屋。」

「那麼，晴明，你打算怎麼辦？」

「我會比你晚到。」

「比我晚到？」

「我要去尋找拯救寒水翁所需的東西。如果順利，傍晚前我會趕到寒水翁住處；萬一不順利，可能要到晚上才趕得及。」

「唔，唔。」

「所以，在我趕到之前，無論是誰，都絕對不能開門讓對方進去。」

「知道了。」

「爲了以防萬一，你帶薰去吧。如果不知道該不該開門，問薰就行了。薰若搖頭，就絕對不能開門。」

「好。」

「爲了慎重起見，你帶這個去。」

晴明從懷中取出一把短劍。

「這是加茂忠行⑦大人的『芳月』。萬一那妖物利用某種方法闖進屋內，我想，他接下來大概會進入寒水翁體內。根據你所描述的，那妖物很可能會從寒水翁的臀部進去，再從口中出來。記住，讓那妖物從臀部進去無所謂，但要是讓他從口中出來了，寒水翁的靈魂也會被他一起帶走。」

「靈魂？」

「寒水翁會一命嗚呼。」

⑦即賀茂忠行。

「那不行！」

「所以，如果那妖物進入了寒水翁體內，在他從口中出來之前，你將這把短劍讓寒水翁含在嘴裡。記住，絕對要將刀刃向內，讓寒水翁含在嘴裡。那妖物似乎很怕刀刃，大概以前曾有膽戰心驚的經歷吧。」

「好，我明白了。」博雅點點頭。

五

空氣中隱隱約約飄盪著桂花香。

博雅正靜默地呼吸著那香味。

寒水翁坐在博雅左側，薰則坐在離兩人稍遠的地方。

桂花香正是從薰身上散發出來的。

僅有燈燭盤上的一支燈火還亮著。

時刻是夜晚，將近子時。

已是深夜。晴明還不見蹤影，卻已是這個時刻了。

到目前爲止，都還未發生任何事。

「博雅大人，是不是什麼事都不會發生，就這樣直到天亮？」寒水翁問

博雅。

「不知道。」博雅只是搖頭。

或許正如寒水翁所說那般，什麼事都不會發生；不過，也或許將要發生。很難斷定會是怎樣。

其實寒水翁內心也明白這個道理，只是不安的情緒令他說出這些話而已。

博雅在膝前擱著隨時可出鞘的短劍。

傍晚時，一點風都沒有，但隨著夜色加深，風也逐漸興起。

偶爾，大門會發出受夜風吹動而擺動的聲音。

每逢這時，寒水翁與博雅均會驚慌失措地瞄向入口方向。不過，每次都是風聲而已，什麼事也沒發生。

然後……

大約是剛過子時的時刻吧，入口傳來有人搖晃門戶的聲音。

看樣子，有人想打開門戶。

「唔。」博雅把長刀挪到身邊，支起單膝。

「哎呀，氣死人，這兒貼有符咒！」門外傳來低沉又令人不快的聲音。

搖晃門戶的聲音靜止下來。接著，離門戶稍遠的牆壁又傳來聲音，那是彷彿有人豎起尖長指甲在牆壁上搔爬的聲音。

「哎呀，氣死人，這兒也貼有符咒！」懊惱又低沉的聲音傳了過來。

寒水翁低叫了一聲，緊緊抱住博雅的腰，全身微微打著哆嗦。

那懊惱的聲音在房子四周邊繞邊罵，總計傳來十六次。

就在那聲音剛好繞了房子一圈時，四周再度靜寂下來。

傳來的依然只是風聲。

「是不是走了？」

「不知道。」

由於過於用力地握著長刀刀鞘，博雅的手指都發白了。他鬆開手指，將長刀擱在地板上。

過了一會兒，門外又傳來叩叩敲門聲。

博雅大吃一驚地抬起臉來。

「寒水呀，寒水呀……」

門外傳來女人呼喚寒水翁的聲音。

「你睡了沒有？是我呀……」是個老婦人的聲音。

「母親大人！」寒水翁大叫出來。

「什麼？」博雅伸手握住長刀，也低聲叫出來。

「那是我母親的聲音，她應該還在播磨國⑧。」寒水翁回道。說畢，旋即站起身來。

「母親大人！眞的是母親大人嗎？」

「這孩子，你怎麼問這種問題呀？你好久沒回家了，我很想看看你，才大老遠跑來找你的呀。開門吧。你忍心一直讓你的老母親這樣站在寒風裡多久呀？」

「母親大人！」

博雅制止了正想走到門口的寒水翁，轉頭望向薰。

薰只是默不作聲地搔頭。

「那是妖物，絕對不能開門。」博雅拔出長刀。

「是誰說我是妖物？太不像話了！寒水呀，難道你竟然跟這種無情的人在一起？」

寒水翁默默不語。

「來開一下門吧。」

「母親大人，如果您眞的是母親大人，請您說出家父的名字。」

「什麼呀，你父親不就是藤介嘛……」

「嫁到備前國⑨的舍妹，她的臀部有顆黑痣，請問是左邊還是右邊……」

⑧今日本國兵庫縣。

⑨今日本國岡山縣東部。

「你在說什麼呀？阿綾的臀部兩邊都沒有黑痣呀……」女人的聲音回道。

「難道真是母親大人？」

寒水翁正想跨出腳步，博雅再度制止了他。

這時……外面傳來女人的悲鳴。

「這到底是什麼東西呀？有個可怕的妖物在襲擊我啊！救命呀！寒水呀……」

「咚」的一聲，門外傳來有人仆然倒地的聲音。

繼而嘎吱嘎吱、嘖嘖作響，是野獸吞噬人肉的聲音。

「痛呀！痛呀……」女人的聲音。

「這妖物在吃我的腸子呀！哎呀！痛呀！痛呀……」

博雅再望向薰，薰仍舊只是左右搖頭。

博雅和寒水翁的額頭都汗如泉湧。

冷不防，一切突然安靜下來。只剩下風聲。

博雅大大吐出一口氣。正當大家剛呼吸了一、二口氣時，突然傳來一陣很大聲響，門戶往內彎曲了。

不知是什麼東西想大力破門而入。

博雅將長刀高舉過頭，張開雙腿站立在門前，用力咬著牙根，卻渾身直打哆嗦。

想要破門而入的聲音持續了一陣子，最後終於靜止，四周又恢復靜謐。

「呼……」博雅大大吐出一口氣。

靜默的時刻再度流逝。

然後，大約將近丑時之際……

門外又傳來敲門聲。

「博雅，抱歉，我來晚了，你沒事嗎？」是晴明的聲音。

「晴明……」博雅發出歡呼奔到門口。

「博雅大人，那是……」

薰站起來搖頭制止，但博雅已經將門打開了。

就在那時候——

轟隆！

一陣烈風迎面撲向博雅。同時，一團類似黑霧的東西，隨著烈風鑽進門戶與博雅之間的縫隙，闖入屋內。

為了擋禦，薰站到黑霧前，但烈風和黑霧轟地一聲打在薰身上，將薰打得七零八落、煙消雲散於大氣中。

屋內黑壓壓的大氣中充滿濃郁的桂花香味。

黑霧又化爲一條煙霧，聚集在寒水翁的胯下附近，之後便消失了。

「哎呀！」寒水翁雙手按住臀部，俯伏在地上。躺在地上後，他痛苦地呻吟。

寒水翁的肚子鼓得又大又實。

「寒水翁！」博雅奔到寒水翁身邊，慌慌張張地從懷中取出晴明給他的短劍、拔出。

「含住這個！快，含住！」博雅讓寒水翁含住短劍。

寒水翁用牙齒緊緊咬住短劍，這才總算減輕了苦悶。

由於將刀刃面向內側橫咬在口中，寒水翁的兩邊嘴角都受了傷，鮮血汩汩流下。

「別鬆開！就這樣咬著！」博雅厲聲道。

「晴明！」博雅大聲呼喚。

到底該怎麼辦？

「晴明！」

接下來到底該怎麼辦，博雅完全不知道。

寒水翁以惴惴不安的眼神仰望著博雅。

「別鬆開！別鬆開！」博雅只能對寒水翁如此說。

博雅用力咬著牙根抬起臉來，發現眼前出現了人影。

安倍晴明正站在門口望著博雅。

「晴明？」博雅大喊，「你真的是晴明？」

「抱歉，博雅。我到深山去了，所以現在才趕來。」

晴明迅速來到博雅身邊，從懷中取出一束藥草。

「這是夏季的藥草，在這時期，幾乎都找不到了。」

晴明邊說邊用手掌拔下一、二把藥草葉子，再塞進自己嘴巴咀嚼。

在口中嚼了一會兒後，又將藥草吐出，接著以指尖抓了一些，從寒水翁所咬住的刀刃與牙齒之間，塞進他口中。

「吞下去。」

聽晴明這麼一說，寒水翁費勁地將藥草吞進腹內。

同樣動作反覆了幾次。

「你放心，繼續咬住短劍，只要再忍耐一個時辰，便能得救了。」晴明以柔和的口吻說。

寒水翁淚下如雨地點點頭。

「晴明啊，你給他吞下的是什麼玩意？」

「是天仙草⑩。」

「天仙草？」

「這也是大唐傳過來的東西。據說是吉備眞備⑪大人帶回來的。原本滋生於長安通往蜀的深山中，現在我們倭國也有少數野生種了。」

「唔，唔……」

「自長安到蜀的深山中，有許多會自人類臀部潛入體內危害的妖物，旅人爲了保衛自己，一路上都吞食用天仙草精煉成的吐精丸。安史之亂時，玄宗皇帝從長安逃難到蜀，途中經過那深山時，聽說也吞食了這種吐精丸。」

「可是，你剛剛讓他吞下的……」

「這回沒時間精煉吐精丸，所以讓他直接吞下藥草。放心，我讓他吞下大量藥草了，應該有效。」

約一個時辰後，寒水翁的肚子開始咕嚕咕嚕響。

「時候快到了。」晴明低道。

「什麼時候快到了？」

晴明還未回答，寒水翁已苦悶地搓揉起身子。

牙齒和刀刃之間，流露出痛苦的咻咻呼氣。

「要不要緊啊？」

---

⑩日文為「天人草（てんにんそう，tenninsou）」，學名為*Leucosceptrum japonicum*。多年生草本植物，多生長在山地的樹蔭下或草地中。

⑪吉備真備（西元六九五～七七五年），奈良時代的漢學者、貴族。曾隨同遣唐使者在大唐留學十七年，最後升任為右大臣（右相國）。

「不要緊，天仙草開始生效了。」

然後……過了一會兒，寒水翁從臀部排出一頭野獸。

野獸腹部有一道很長的刀傷，大概以前曾經遭獵戶捕獲，並險些被剝皮剔骨吧。

那是一頭巨大又漆黑的老貉死屍。

陀羅尼仙

一

「說眞的，晴明啊……」

源博雅說著，口中飄盪出白色呼氣。

他似乎心有所感，自己連連點了好幾次頭。

「實在是太精彩了，就這麼一絲不苟地推移而去……」

博雅一副不勝感喟的口吻。

「什麼呀？」

晴明舉起酒杯，送到略微含笑般的脣邊。

兩人正在喝酒。

地點是晴明宅邸面向庭院的窄廊。

兩人盤腿相對而坐，一旁是秋色原野。

正確說來，其實不是原野。會這麼形容，是因爲這庭院總看似無人修整，宛如將秋色原野原封不動地搬來、擱在庭院一般。

「我是說，季節啦。」

午後的陽光，斜斜照射在庭院。

桔梗花叢和敗醬草已經枯萎，庭中只剩稀疏的東一叢、西一叢。

眺望著這些花草，博雅深深吐出一口氣。呼氣隱約泛白。

「晴明啊，我是不是有毛病？」

「博雅嗎？」

「嗯。」

博雅喝乾杯內的酒，望向晴明。

「我啊，對這庭院很熟悉。連春天時會長出什麼草、那草又會開出什麼花都知道。可是……」

「怎麼了？」

「夏天時長得那麼旺盛的東西，到了秋天就會枯萎，披上霜……」

「唔。」

「感覺上這有如……」

說到此，博雅嚥下要說的話，將視線移向庭院。表情看似有點發怒。

「有如什麼？」

「不說了。」博雅回道。

「爲什麼？」

「如果說出來，你又會取笑我。」

「我怎麼會取笑你？」

「怎麼不會？看吧，你嘴角已經浮出笑容了。」

「我沒有笑，跟平常一樣啊。」

「那，就是你平常都在取笑我。」

晴明的嘴角浮出微笑。

「笑了！」

「這個不是那個意思。」

「那，是哪個意思？」

「這個是讚美博雅的笑容。」

「讚美？」

「正是。」

「我不懂。」

「我深深覺得，博雅眞是個好漢子。」

「所以笑了？」

「是讚美。」

「可是我不覺得你在讚美我。」

「就算不覺得，也是讚美。」

「唔。」

「快說呀！」
「哼，哼。」博雅在喉嚨微微哼了兩聲，低下頭來。
「有如這個人世——我本來是想這樣說的。」博雅低沉說道。
「原來如此。」
博雅見晴明一本正經地頷首，抬起臉來。
「連往昔那麼意氣風發的平將門①大人，現在也已不在人世了。」
大概是看了晴明的表情而安心下來，博雅接著說道。
然後伸手取酒瓶，在自己杯內倒了酒。
「所以啊，每次眺望著這種風景時，不知怎麼回事，我總覺得好像很悲哀。可是，另一方面又覺得這很可能是人世的眞實面貌，結果就會陷於自己也說不出個所以然的、一種很不可思議的心境。」
「因此你認爲自己有毛病？」
「嗯。」博雅微微頷首，又喝乾杯內的酒。
「一點毛病都沒有，博雅。」
「你認爲沒有毛病？」
「這表示你逐漸成爲普通人了。」
晴明說畢，博雅臉色憮然，正要放下酒杯的手僵在半空。

---

①生年不詳，卒於西元九四〇年，為平安時代的武將。曾經於關東諸國舉兵謀反，自稱新皇，後為同族的平貞盛等人所殺。

「怎麼了？」
「你該不會想說，那個成爲普通人的意思也是在讚美我吧？」
「這個……既不是讚美也不是貶抑……」
「那，是什麼？」
「眞是傷腦筋。」
「傷腦筋的是我！」
「你生氣了？」
「我沒生氣，只是不高興而已。」博雅鬧起彆扭來。
這時——
「晴明大人。」有人呼喚晴明。
聲音來自庭院。是清晰的女人聲音。
有個身穿十二單衣的女人背對著午後陽光，站在草木枯黃的原野中。
「有客人來訪。」
「客人？」晴明問女人。
「是一位來自叡山、名爲明智的和尚大人。」
「奇怪，是誰呢……」
「來客說，如果安倍晴明大人在家，他想拜見大人一面。」

「那麼，妳鄭重地請他到這兒來吧。」

「是。」女人回應，輕快地自枯黃原野步向正門。

她的動作極爲俐落，彷彿腳下的枯黃原野都不存在似的。女人的單衣下擺碰觸到草叢時，草叢也文風不動。

「這不是很好嗎？」博雅向晴明說。

「什麼很好？」

「客人來了，我們就不能繼續說下去了。」

「呵。」

晴明不肯定也不否定，只望著博雅微微一笑。

過了不久……

前方窄廊上，方才那女人正嫻靜地走來。

身後跟著一位僧侶。

僧侶看上去很纖弱，約六十歲左右。

「明智大人駕臨了。」

女人行了個禮，緩緩地背轉過身，再度跨出腳步。

一步、兩步……走不到五步，女人的身影便逐漸模糊。還未走到窄廊盡頭的轉角時，女人的身影忽地消失。

二

晴明和博雅並肩而坐，名爲明智的僧侶則坐在兩人對面。

明智雖和晴明相對而坐，卻看似如芒在背，上半身忸忸怩怩動個不停。

「請問有何貴事？」

晴明問對方，但對方依然不肯立即啓齒。

「這個……老實說，這是極爲祕密的事……」

明智又說，連他今天來造訪的事，也希望晴明絕對不能外傳。

當然不會洩密。博雅和晴明不知重複了幾遍允諾，明智才總算開口。

「事情是這樣的，我做了個夢……」明智說。

「夢？」

「是的，而且是很奇怪的夢……」

「哦。」

晴明正想洗耳恭聽，明智又問：

「對了，晴明大人可曾聽聞『尊勝陀羅尼』這個名字？」

「佛頂尊勝陀羅尼……也就是佛頂咒眞言吧？」

「是。正是那個佛頂咒。」

一般認爲，釋尊——也就是佛陀——體內，具有凡人沒有的三十二相。

第一相正是頂成肉髻相。

頭頂上有塊類似髮髻的骨肉，這正是佛陀所具有的三十二相中之第一相。當佛頂崇拜持續進化時，那肉髻便被神格化，不知不覺中成爲信徒所信仰的對象「頂如來」。

佛頂髻的發音爲「烏瑟膩沙」，自此處放出的佛光，可以降服所有惡魔與妖物。

這個烏瑟膩沙眞言，正是佛頂尊勝陀羅尼，也就是晴明所說的佛頂咒。

「我也聽說那位大納言左大將②常行大人，就是靠著尊勝陀羅尼而逃過百鬼夜行的災難。」晴明回應。

「喔，原來您知道好色童常行大人的事……」

「是。」

這位常行在年輕時，便很喜歡裝扮成少年模樣，直至相當年長時依然不改其癖。

> 此人喜粉妝玉砌，色膽包天；喜愛女色，無人可與之比並。因此，每逢夜晚，必定外出往返東西以爲業。

②唐朝官名是門下侍中、黃門監。

《今昔物語》中如是記載。

某天晚上，這位常行只帶著家童和馬夫共兩名隨從，欲到女人住處。

自大宮大路往北走，再往東來到美福門附近時，發現前方陰暗處有許多人舉著火把迎面而來。

仔細觀察，才發現是自己將他們誤認爲人了，原來那群輩似乎非比尋常。

不但有紅髮、頭上長著犄角的狐狸臉女人；也有穿著武士裝束、用兩腳走路的狗。其他更有在空中飛行的女人頭顱，以及不倫不類的怪物。

「這種夜晚，不知道有沒有人在外面閒逛？」

「嗚，肚子好餓！肚子好餓！」

「前幾年，我在二條大路吸吮了一位年輕姑娘的眼珠，那味道實在忘不了。」

「眞想嚐嚐活男人的那話兒。」

「喔！」

「喔！」

常行一行人耳邊，傳來七嘴八舌的喧鬧聲。

「那不正是不知要遷徙到哪兒的妖魔鬼怪群輩嗎？」

常行碰到的正是百鬼夜行。

眼見妖怪群輩逐漸逼近。這樣下去，一行人大概會讓眾妖吸吮得屍骨不存吧。

就在大家茫無頭緒之際……

「神泉苑的北門開著！」家童說。

於是，一行人從北門進入神泉苑內，關上門，渾身哆嗦地想避開眾妖鬼。沒想到，門外卻傳來妖怪駐足的聲息。

「唔，好像有人的氣味。」

「噢，這的確是人的氣味。」

這群妖鬼推門走進神泉苑。

「如果是人，我要吸吮眼珠。」

「如果是男人，我要那話兒。」

「舌頭給我，我要生吃……」

常行聽得膽裂魂飛。

但是，眾妖鬼雖然逐漸逼近常行一行人，卻似乎尋不著常行等人的蹤影。

常行嚇得毛髮森豎，記不得詳情。

《今昔物語》如是說。

不久，妖怪之一望著常行說道：

「咦，這兒有尊勝眞言！」

聲音剛傳來，就見妖鬼個個爭先恐後地退出神泉苑，最後消失無蹤。

九死一生逃回家中的常行，向奶娘提起這件事，結果奶娘回說：

「其實在去年，我請我兄弟阿闍梨幫我寫了《尊勝陀羅尼經》，再將經文縫在少爺的衣領內。」

那奶娘又說，由於常行每夜外出，她擔心總有一天可能會遭遇百鬼夜行，使事前先做防備。

晴明與明智所說的正是這件事。

「您聽說過尊勝陀羅尼和陽勝僧都的事嗎？」

「僧都隨著焚香的煙一起升天那事嗎？」

「不愧是晴明大人，遍知天下事。」明智以欽佩的語調說道。

有關陽勝僧都的故事，《今昔物語》中也有記載。

根據記載，陽勝是能登③人。俗姓爲紀氏，十一歲時成爲比叡山佛門弟

③今日本國石川縣北部。

子，拜西塔勝蓮華院的空日律師為師。

陽勝自幼聰明絕頂，聽過一次的事絕對不會問第二次，道心虔誠。

心無二想……

對其他事物幾乎毫無興趣。

看到赤身裸體的人，經常脫下自己的衣服給予對方；看到忍飢挨餓的人，也時時捐獻出自己的三餐。

此外，更不厭蚊、蟣螫啖自己身子。

《今昔物語》如是記載。

陽勝久居叡山後，不知何時竟心懷道心。換句話說，他對道教漸感興趣。簡而言之，便是也想當仙人。

於是，陽勝終於自叡山出走。

他閉居在吉野古京的牟田寺中，自學仙人法。

修行的首要步驟是戒食五穀。所有穀物都不能入口，只能吃食山菜。其次是連菜食也斷絕，只吃食果實和野草種籽。

接下來，一天只能吃食一粒小米，身上只穿藤製粗衣；然後是只吸吮草上的露珠，再來是只聞花香，最後便可以不需要任何食物了。

之後，據說有一位在吉野山苦修、名爲恩貞的僧侶看到陽勝。

陽勝已成仙人，身無血肉，僅剩異於常人的骨頭與奇異體毛。身上長有兩翼，如麒麟鳳凰飛空。

《今昔物語》如是記載。

據說身上不但沒有血肉，只剩下奇怪的骨頭與毛髮，而且背部有一雙翅膀。

這位陽勝仙人，每月八日必定前往比叡山，傾聽全日唸佛精進會，並合掌禮拜慈覺大師的遺石後才離去。

《今昔物語》又記載如下：

當時，比叡山西塔千光院有位名爲淨觀僧正的僧侶。這位淨觀平素習慣在每晚朗誦《尊勝陀羅尼經》。

話說，陽勝仙人某天又來傾聽全日唸佛，他飛到這位淨觀的僧房上空

時，聽到僧正朗誦《尊勝陀羅尼經》的聲音。

陽勝情不自禁降落在僧房前的杉樹上洗耳諦聽，值得尊敬的《尊勝陀羅尼經》朗誦聲更是清晰。陽勝終於從樹上跳下，坐在僧房欄杆上。

淨觀僧正發現到陽勝，便問：

「請問閣下是……」

「我是曾在這叡山修行過的陽勝。飛行時路經這僧房上空，聽到有人以尊貴的聲音朗誦《尊勝陀羅尼經》，遂不由自主地降落下來，聽得入神。」

「那真是太榮幸了。」

僧正打開側門，恭請貴賓入室，陽勝仙人宛如鳥一般飛了進來，坐在淨觀面前。

其後整個晚上，淨觀僧正與陽勝仙人暢談到天亮。

拂曉時分——

「我該告辭了。」

陽勝仙人起身想離去，卻無法飛到空中。

「大概是太久沒接觸人間的氣息，所以身體變重了吧。」

陽勝仙人又向淨觀說道：

「麻煩你焚一柱香，再讓煙飄到我身邊好嗎？」

淨觀聞言照辦，只見陽勝仙人當下乘著煙升到上空，然後便不知飛往何方去了。《今昔物語》如是記載。

自此，淨觀也開始對道教深感興趣。

「吾亦當仙人去也。」

據說，淨觀留下這麼一句話，也離開叡山了。

「那麼，請問你所說的那個奇怪的夢，跟尊勝陀羅尼有什麼關係呢？」

晴明問明智。

「正是有關係哪。老實說，每天晚上，我也習慣在叡山的個人僧房內朗誦《尊勝陀羅尼經》。」

「喔。」

「結果，四天前的夜晚，我做了一個夢。」

明智述說起來龍去脈。

三

那晚，明智朗誦完《尊勝陀羅尼經》後，如常就寢。突然，耳邊傳來叫聲。

「明智大人，明智大人。」聲音呼喚著。

明智回過神來，但四周卻聽不到任何聲音。

明智暗忖，或許是錯覺吧。再度半夢半醒地打起盹時，那聲音又響起了。

「明智大人，醒醒吧，明智大人……」

仰躺著的明智睜開眼來，發現自己眼前有一張臉，正俯視自己。

明智大吃一驚，翻身爬起來，只見有個僧人打扮的男人坐在枕頭邊。

「明智大人……」僧人打扮的男人開口，「你終於察覺到我了。」

男人的聲音和態度都很穩重。

「請問閣下是哪位？」明智問。

「敝人的名字不足爲外人道。」對方回道。

「請問有何貴事？」

「敝人偶然路過這兒，聽到《尊勝陀羅尼經》的朗誦聲，便情不自禁駐足聽得入神。」

然而，明智朗誦《尊勝陀羅尼經》時，房內根本沒有其他人，這事明智自己最清楚。

「聽完《尊勝陀羅尼經》的誦讀後，敝人想起身離去，只是大概與人間的氣息接觸太久了，身體不聽使喚，怎麼做都毫無辦法。因此，能不能麻煩大人焚一杜香……」

僧人打扮的男人如此說。

「焚香時，麻煩請讓煙飄到敝人身邊。」

明智當然聽過陽勝仙人的事，於是問對方：

「難道您是陽勝大人？」

「不不，敝人不是大人所說的人，只是普通的僧人。」僧人如此否定。

總之，明智按照僧人所說的焚了香，並讓煙飄到僧人身上，那僧人看似屢次想乘煙起飛，但身體總是飛不起來。

「眞是傷腦筋。」

折騰了老半天，時刻已將近拂曉，明智也有點睏了。

最後終於忍不住打起盹來。待明智醒來時，已是清晨時分，而且發現自己仰躺在被子上。

明智百思不解，難道昨晚發生的一切只是場夢？可是房內仍瀰漫著焚香味，枕頭邊也有看似昨晚拿出的焚香爐。

仔細回想，明智才察覺昨晚雖沒點蠟燭，卻能在黑暗中看清那位僧人的身影，實在太不可思議了。

於是明智轉念一想，將昨晚的遭遇視爲夢境，就這樣又到了晚上。

明智依然如常在朗誦《尊勝陀羅尼經》之後就寢。

「明智大人……」聲音再度響起。

翻身起來一看，那位僧人又坐在枕頭邊。

「實在很抱歉，麻煩大人再爲敝人焚香吧。」

明智又焚了香，並讓煙飄到僧人身上，那僧人仍舊一副想乘煙起飛的樣子，結果還是無法飛起來。

照樣折騰了老半天，明智又打起盹來……

回過神來，已是清晨，且仍舊是在被褥中醒來。

「這樣的事持續了三夜。」明智向晴明說。

然後，昨晚……

明智大膽地向僧人建議：

「叡山有其他法力比我高的僧侶，我想同他們商討這件事，並請他們助力……」

「不，不，千萬使不得，請大人千萬不要如此想。」

雖然對方拒絕了，可是每夜都如此反覆的話，也不是長久之計。

「總而言之，若不請一位精通此問題的人士來解決，也不是辦法……」

明智說。

「那麼，麻煩大人到住在皇宮艮方土御門小路的安倍晴明宅邸，請晴明大人出面幫忙好不好？」

據說那位僧人向明智如此說。

「由於上述事由，今天我才來拜訪大人您啊。」

明智以求救的眼神望著晴明。

四

「這眞是咄咄怪事啊，晴明。」

博雅抱著胳膊，自顧自地連連點頭。

明智於不久前告辭，現在只剩下晴明和博雅坐在窄廊上。

正值傍晚，酒和大氣也都涼得冷冰冰了。

人一清醒過來，連酒的溫度和醉意似乎也和夢境一般。

博雅雙眼炯炯有神，頻頻嗯、嗯地點頭。

「我決定了，晴明。」

「決定了什麼？」

「我也要跟去。」

博雅的意思是，叫晴明也帶他去今晚預定拜訪的明智僧房。

「晴明啊，好不好？順便帶我去吧。聽到那樣的事，如果你把我撇開、不帶我去，我會一直惦記在心，今晚一定睡不著。」

原來博雅是因爲反正睡不著，乾脆要求：「我也要去！」

接著又說：「再說，晚上出門很危險。」

「危險嗎？」

「如果是遇到百鬼夜行或妖怪那類的，那當然要看你的了；可是，萬一對方是血肉之軀的活人，而且是盜賊，就得看我的身手嘍。」

博雅一副非跟去不可的模樣。

「那，一起去吧。」

「噢。」

「走。」

「走。」

事情就這樣決定了。

五

皎潔的月亮掛在上空。

月亮四周有幾朵碎小浮雲，正往東飄流。

只要抬頭仰望上空，便可以從黑黝黝的杉樹枝頭間看到飄流浮雲。

此時，晴明和博雅都站在明智的僧房外。

「就跟平常一樣……」

事前，晴明已經如此囑咐明智。

不久前還傳來明智朗誦《尊勝陀羅尼經》的聲音，現在已經停止了，僧房中靜謐無聲。

冰冷得彷彿可以滲透骨髓的夜晚大氣，籠罩著晴明和博雅。

杉樹枝頭沙沙作響。

「究竟要等到什麼時候呀？晴明……」博雅竊竊細語。

「是不是帶酒來比較好？」晴明回道。

「我不需要酒！」博雅賭氣地稍微放大聲音回話。

「你覺得冷了？」

「雖然不能說不冷，但這種程度我還受得了。我甚至可以脫光衣服。」

博雅以一副脫光衣服也無所謂的口吻回道。

「我知道。」

正當晴明也竊竊回應時……

「明智大人，明智大人……」

僧房內傳來呼喚。不是明智的聲音。

「晴明……」博雅壓低聲音，望著晴明。

聽到了……晴明點頭示意。

僧房內又傳來明智的喃喃回應聲。

「今晚我請來了晴明大人。」

聽到明智的回應，晴明跨出腳步。

「走吧，博雅。」

「嗯。」

左手按著佩在腰身的長刀，博雅跟在晴明身後。

打開門房，晴明隨著月光靜悄悄地跨進僧房。

只見明智仰躺在黑暗中的鋪被內，睡得正熟，但嘴脣卻還喃喃自語。

「今晚還是要焚香嗎？」明智閉著雙眼，微微抬起頭來。

「不用了，今晚晴明大人既然在場，就不用焚香了。」

聽聲音如此說，明智的頭又躺下，開始發出細微的鼾聲。

明智枕邊暗處，朦朧出現一位僧人打扮的男人。

那僧人坐在地板上，仰頭望著晴明。

「辛苦你了，晴明大人。」

年齡看上去約有八十左右。也看得出不是這塵世的人。因爲些微月光從側門潛入室內，照在僧人身上，但月光卻能穿透僧人身體，隱約顯現出僧人後方的書桌。

晴明坐到僧人面前。

「聽說閣下有事相告，請問有何貴事？」晴明問僧人。

博雅則和先前一樣，站在晴明身後。

「懇請大人援救貧道。」

仔細觀察，可以看出僧人憔悴不堪。

「到底是什麼事需要我的助力？」

「老實說，貧道回不去。」

「回不去？」

「唔。」僧人點點頭，繼續說道，「敝人本是這叡山的僧侶，後來棄佛改修仙道，一度離開了叡山……」

「哦。」

「敝人在熊野、吉野持續修行後，雖已習得皮毛仙道，卻無法達到長生不老境界。」

「是。」

「畢竟，這世上的萬事萬物，皆難逃生生滅滅、物換星移的定律。即便遁入仙道，也無法阻止肉體的老化。」

「原來如此。」

「到了這個隨時都將作古的年齡，竟情不自禁懷念起往昔的種種，不知不覺便又來到這叡山來。」

「……」

「來是來了，但這座寺院裡還有認識貧道的人，敝人總不能不知恥地出現在舊識面前，遂悄然躲在山中，結果偶然聽到這位明智大人朗誦《尊勝陀羅尼經》的聲音。」

僧人微微一笑。

「於是貧道便潛入此地，每晚聆聽《尊勝陀羅尼經》。豈知臨到想離去時，卻回不去了。敝人也嘗試過焚香等種種方法，卻徒然淪落成始終離不開此地的窘境。明智雖然建議另找法力更高的僧侶，但敝人實在不願意再度出現在舊識面前。偶然想起安倍晴明大人您的大名，才請明智勞煩大人前來一趟……」

「那麼，我只要讓閣下能夠離開此地便行了嗎？」

「正是如此……」

「既然如此，閣下便須全盤托出才辦得到。」

「全盤托出？」

「是的。」

「敝人還需要說明何事呢？」

「這香味……應該是黑沉香吧？」

「正是。」

「經典上記載，此香可以普遍薰沐三千世界，如果乘著黑沉香的煙還回不去，應該有極爲特殊的理由……」

晴明似乎在思考什麼，過了一會兒……

「你在此地是否有思慕的人？」

「思慕？」

「你在此地是否遇見了思慕的女子？或是你對睡在那邊的明智法師……」

「怎麼可能？敝人對那個明智毫無思慕之情。」

「那麼，是對哪一位女子……」
「唔……」僧人欲言又止。
「那就請原諒我做些不識趣的事。」
晴明說畢，從懷中取出一枝花。
是一枝雖已枯萎，但花瓣還殘留些微青色的龍膽花。
「這是在我庭院中最後開花的一枝。」
晴明對著花輕輕吹氣：「青蟲啊，這是妳最後一項工作。」
說畢，晴明將花擱在地板上。
龍膽花在黑暗中飄然膨脹，憑空出現一位身穿青色十二單衣的女人。
「晴明，這是……」博雅情不自禁叫出聲來。
原來，是中午站在庭院中、向晴明報告明智來訪的女人。
「青蟲啊，妳帶這位僧人所思慕的女人到這兒來吧。」
女人——不，是青蟲——文靜地行了個禮，再抬起臉。
還未將臉全部抬起，青蟲的身影已融化在黑暗中。
過了一會兒……
青蟲消失處，又再度朦朧出現青蟲的身影。
這回不只青蟲一人。青蟲手中牽著另一個女人。是一名美麗的舞孃。

全身出現後，青蟲向晴明微微一笑，再度消失。

現場只留下舞孃一人。

僧人目瞪口呆地望著晴明。

「是這位吧？」晴明向僧人問道。

「這……這實在太……」僧人似乎有點羞赧地微笑著。

「晴明，這位姑娘是……」博雅插嘴問道。

「這位是法師內心思慕的對象……」晴明回道。

「這眞是……這眞是……」僧人忸忸怩怩，坐立難安。

「這樣吧，索性就地一了心願如何？」

「索性？」

「你大概也活不久了吧？」晴明溫和地向僧人說。

「不錯。」僧人點頭，聲音已鎮定下來。

「那麼，索性再從仙道返回俗道來，與這位姑娘一起達成你的夙願，這樣不是比較好嗎？」

「……」

「如果是《尊勝陀羅尼經》所牽的紅線，又有何妨？」

晴明伸出手，將手掌貼在一旁熟睡中的明智額頭上。

明智睜開眼，看到舞孃，大吃一驚。

「這……這……」

「走吧，我們就暫時到外面去……」

晴明催促著驚訝萬分的明智和博雅，三人來到室外。

「喂，晴明，這到底是怎麼回事？我看得有如丈二金剛摸不著頭腦。」

「別急，我們就邊賞月邊等吧，等一下便眞相大白了。」

「喂……」

也不知道晴明是否聽到博雅的抗議，只見他仰頭望著月亮說：

「博雅啊，早知道如此，眞應該帶酒來。」

六

半個時辰過後，那位僧人才再度出現在賞月的三人面前。

月光中，僧人有點難為情地望著晴明，沉默不語。

「覺得怎麼樣？」晴明問。

「終於如願以償了。不過，晴明大人哪，說老實話，人眞的無法輕易便能成佛或成爲仙人呀。」口吻聽起來神清氣朗。

僧人搔搔頭，又說：

「敝人雖想鑽研佛道與仙道，卻沒想到最後只能成為……」

「成為什麼？」

「成為凡人。」

老僧向晴明俯首拜託：

「對不起，請大人到西方山中略微深處的地方看看，那兒應該可以發現敝人的屍體。無論要焚燒或埋葬都可以，就勞煩大人幫敝人處理一下吧。」

「好的。」

聽晴明如此回應，僧人再度鞠躬行禮。

僧人反覆地鞠躬行禮，然後身影逐漸淡薄，最後融化在黑暗中消失不見。

四周只剩下月光中的杉樹枝頭，沙沙作響地隨風飄搖。

「走吧，回去吧。」

晴明催促大家進房。進入明智的僧房一看，當然已找不到那位老僧和舞孃的身影了。

「這下應該可以坦白說出來了吧？」晴明向始終沉默不語的明智說。

「是。」明智點點頭。

「想必晴明大人已知道詳情了，不過，這件事還是應該由我自己來供認吧。」

明智蹲下身，翻開自己的被子，從底下取出一幅畫軸。

點上燈火，明智在亮光下展開畫軸。畫絹上，有一幅畫。

「這是……」博雅脫口而出。

畫面上所描繪的，正是方才出現在僧房的那位舞孃。

「說來慚愧，不過不瞞您說，我雖身爲僧侶，但始終無法斷絕對女人的思慕之情。於是，每晚朗誦完《尊勝陀羅尼經》後，總是望著這幅畫而自瀆。所以方才她出現在眼前時，我著實嚇了一大跳。雖然只是一幅畫，大概因爲每晚聽聞《尊勝陀羅尼經》，所以不知不覺中也緣生了靈魂吧。方才那位僧人也是受《尊勝陀羅尼經》所吸引而來到此地，正當我自瀆時，他恰好看到了畫中佳人，因而才暗戀上對方吧。」明智低聲說道。

「不過，身在他方的僧侶靈魂，不大可能獨力來到這兒。」晴明回應。

「這話是說……」

「最近這幾天，你身邊有沒有發生異乎尋常的事……」

晴明邊說邊環視四周，之後似乎在地板上發現某樣東西，伸手撿拾起來。

「有了。」

晴明從地板上撿拾起來的東西，原來是一隻黑蝴蝶屍體。

「正是這個。大概是讓這隻垂死的蝴蝶載運自己的靈魂，飛到此地。」

「我想起來了，最近這幾天，我看過這隻蝴蝶在僧房中無力飛翔的模樣。」

身無血肉，僅剩異於常人的骨頭與奇異體毛，身上長有兩翼的玩意……

「原來是蝴蝶。」博雅喃喃自語。

「那麼，走吧，博雅。」晴明站起身來。

「去哪兒？」

「僧房西方……」

晴明剛要跨出僧房——

「眞是萬分感謝，不知道該送些什麼禮……」明智向晴明問。

「不用了。」

說畢，稍微想了一下，晴明再度開口：

「對了，如果你願意，能不能將這幅畫送給我？這個冬天，我需要一個式神來幫我照管身邊瑣事。」

晴明從地板上拾起龍膽花，溫柔地收進懷中。

「那當然了，請大人務必收下。」

接過明智手中的畫軸，晴明將畫軸收進懷裡，步出僧房來到月光下。

眼前飄然出現了方才那位舞孃。

「走吧，博雅，這位舞孃看似願意爲我們帶路。」

晴明剛說畢，舞孃便帶頭跨出腳步。

七

一位老僧，仰躺在一株巨大老杉樹的樹根上，已斷氣了。

「是這位嗎？晴明。」博雅手中舉著火把問道。

舞孃則安靜地站在博雅身邊。

「正是。」晴明回道。

「這位僧侶到底是誰呢？」

「大概是淨觀大人吧，應該是他……」晴明說。

「是那位也想跟隨陽勝仙人之後當仙人的法師？」

「沒錯，不過，事到如今，我們也沒必要探討這位僧侶生前的眞名嘍。」

晴明俯視著老僧說。

博雅將火把湊近老僧。火把亮光明晃晃地映照出老僧的臉孔。

「喔……」博雅低聲叫了出來，「晴明啊，你看，法師的遺容微微笑著。」

正如博雅所說，法師那浮現皺紋的嘴角，飄泛著隱約可見的微笑。

是乃夜露

一

月亮在窄廊上映襯出濃厚陰影。

從屋簷下往上看，除了數片雲朵在夜空飄動以外，穹蒼之上只有一輪毫無遮掩的皎潔滿月。夜晚的庭院中，滿溢著秋天的清澄大氣。

「真是無以形容的月亮呀，晴明……」

源博雅不勝感喟地喃喃自語。

他與安倍晴明正坐在窄廊上飲酒。

是晴明宅邸內的窄廊。兩人面對著寬闊的庭院夜色。

雖然沒點上燈火，但藉著月光依然看得見庭院中隨風搖擺、沙沙作響的胡枝子。

夜露似乎已降落在敗醬草、龍膽等秋草上，在月光映照下，閃閃發光。

下酒菜是烘過的紅菇。

傍晚，博雅來探訪晴明。那時開始，兩人便逍遙自在地喝起酒來。

「你看，晴明……」博雅說，視線停頓在眼前的窄廊上。

紋理分明的窄廊木板上，有一隻螳螂走動。

「是螳螂？」

健。

那是隻大螳螂。螳螂以緩慢腳步通過博雅眼前，動作已失去夏季時的矯健。

「我總覺得，這隻螳螂好像在尋找牠自己的葬身之所。」

「怎麼回事？博雅，今晚你似乎特別容易睹物傷情。」

「噯，晴明，看著這隻螳螂，我覺得彼此的壽命雖然不同，不過人和蟲或許都難逃相同的命運。」

「是嗎？這話怎說？」晴明愉快地望著博雅。

「夏天時，覺得好像永遠處於盛夏，可是，不知不覺中卻已度過了那個時期，然後人和蟲都老了……」

「……」

「而且，不是也有人無福安享天年，某日突然感染傳染病，眨眼間就死去了嗎？」

「唔。」

「我們應該在活著的時候勇敢去做，這樣無論何時發生意外，才不會死得不甘不願……」

「例如什麼事？」

「例如，如果內心有個暗戀對象，最好適時向對方坦白自己的戀慕……」

「你有嗎？」

「有什麼？」

「我是說，博雅內心有那種對象嗎？」

「不，我不是說我有對象，而是說如果有的話。」

「沒有嗎？」

「我沒說沒有呀。」

「那，就是有了？」

「喂，晴明，我是說**如果有的話**，並不是在說我有或沒有的事。」

博雅生悶氣地舉起酒杯送到嘴邊。

「發生了什麼事嗎？博雅……」

待博雅喝乾杯中酒，晴明才開口問。

「是的。」

「什麼事？」

「我聽到一些傳言。」

「什麼傳言？」

「嗯。昨天我因爲某些小事，去了藤原兼家大人宅邸，結果遇到超子小姐……」

「兼家大人的女兒？」

「唔。」

「她今年幾歲了？」

「剛過二十歲生日，是個冰雪聰明又美得閉月羞花的姑娘。如果比喻為花，那模樣該是盛開的芍藥。她對宮內的話題好像特別感興趣，向我問東問西時的表情，簡直像個天真無邪的女娃。」

「呵呵……」晴明露出得意之色。

「不，晴明，你別誤會，我不是去見超子小姐的，我是去見兼家大人。只是兼家大人湊巧脫不開身，就讓超子小姐暫時陪我聊天。」

「然後呢？」

「那時，超子小姐告訴我一些話，我正是為了她所講的話而深受感動。」

……博雅大人，您聽過這樣的故事嗎？

當時超子如此對博雅說，接著便講述起故事。

二

在某個地方，住著一個男人。

那男人身分雖不高，卻也不低，老早以前便暗地思慕著一位住在深宅大院的貴族千金小姐，卻始終無法如願以償。男人想和千金小姐有更進一步的親密關係，無奈小姐遲遲不給男人明確的答案，就這樣徒勞無功地過了幾年。

「然後，某天晚上，那男人終於從宅邸把小姐給偷了出來。」

飲了酒的博雅，面帶紅暈地向晴明說道。

男人揹著女人摸黑趕夜路，渡過芥川便是原野。湊巧月亮也露臉了，夜路四周的草叢中有許多閃爍的亮光。

那是凝聚在草叢葉尖上的夜露，月光映照下，宛如遍處是閃閃發光的星斗。然而終年住在深宅大院、深居簡出的千金小姐，不知道那到底是什麼玩意。

只覺得美不勝收。

「那是什麼呀？」

那些閃閃發光的東西到底是什麼呀？女人在男人背上問道。但男人卻沒時間回答，腦子裡只顧著趕路。

每當女人的芳香氣息吹拂在自己脖子或耳根時，男人總會感覺熱血奔騰。背上可感受女人的體溫，距離近得令人喘不過氣。

不久，兩人來到據說是妖魔鬼怪出沒的地方，但男人卻毫無所知。不知何時開始，月亮隱沒在雲端，也下起滂沱大雨。

「前面剛好有一間破房子。」

男人揹著女人進屋避雨，可是那房子的氣氛卻異乎尋常。

男人讓女人躲進裡屋，自己則帶著準備好的弓韃與箭，徹夜守在門口。

如此，正當東方天空逐漸發白，再過不久便要天亮時……

「哎呀！」裡屋傳來女人的尖叫聲。

男人衝進裡屋一看，女人已失去蹤影，只剩女人那美麗的頭顱血淋淋地滾躺在衣裳上面。

啊……啊……

「妖怪吃掉我的佳人了……」

男人雖涕淚縱橫，卻再也喚不回女人。

「聽好，晴明，那男人據說當下朗誦了一首和歌。」

博雅高詠起那首和歌：

玉人不識世間物，探問其為珍珠否？

若答曰是乃夜露，芳魂可冀無恙矣？

「這眞是一首情至意盡的和歌呀！」博雅說。

「這麼說來，你知道這首和歌的意思了？」晴明的粉紅雙唇浮上不亦樂乎的微笑。

「我當然知道！」博雅忿忿不平地噘起嘴。

「晴明啊，這首和歌的意思是說，當女人問起那閃閃發光的東西是什麼時，男人就應該當場回她說，『我的可人兒呀，那是名爲夜露的東西啊。』男人是在哀吟悲嘆，早知道有這種下場，應該在女人生前便讓她知道答案。說眞的，人的性命就像夜露一般，不留痕跡便消失無蹤了。」

「喔……」

「對一無所知的女人來講，在夜晚的原野讓男人揹著自己趕路，不知當時有著怎樣的心境。心口怦怦地跳，腳下又遍處是閃閃發光類似星斗的東西。對女人來說，或許她感覺恍如置身宇宙之中吧。」

在這時期，已有泛指時空之意的「宇宙」一詞。

中國古籍《淮南子》上如此記述：

四方上下曰宇，古往今來曰宙。

「然後呢？」晴明問。

「什麼然後？」

「我是問你，故事的後續到底怎樣了？」

「根本沒怎樣呀，故事到此就結束了。」

「原來如此。」晴明抿嘴笑著。

「哪有什麼後續？超子小姐講到這裡，兼家大人便出來了，所以故事就結束了。」

「話說回來，你爲了什麼去兼家大人那兒？」

「唔……」

「今天你到我這兒來，敢情也是爲了兼家大人的事？」

「原來你也聽說那件事了？」

「聽說兼家大人於五天前夜晚，在二條大路遇到了百鬼夜行？」

「就是呀，晴明啊……」博雅的身子往前一傾。

三

五天前夜晚，藤原兼家從自家宅邸出發，打算前往位於右京附近的某女人住處。

拐過神泉苑轉彎處，來到二條大路，再往西前進。

身邊有兩名隨從。坐的是牛車。

沿著神泉苑右側嘎吱嘎吱前進了一段路，牛車突然停止不動。

「發生了什麼事嗎？」

兼家問隨從，再往外一看，只見兩名隨從全身顫抖地凝視前方，嚇得發不出聲音。

「怎麼回事？」

兼家從牛車內探出臉來，順著隨從的視線往前看。

「哎呀！」兼家險些大叫出來。

原來前面有位身高達十尺餘的法師，正從神泉苑盡頭附近迎面走來。

眼珠約有成人拳頭那般大，眼眸中發出類似火炭的黃色火光。

吾當白髮三千丈
心脾長達一萬尺
走遍百回大輪迴
因果宿業之六道

踐踏愛憐花叢兒
橫心栽進畜牲道

那法師大聲朗誦類似詩詞的語句，迎面走來。

再仔細一看，法師頭上發出熊熊火焰般的東西，每當法師開口朗誦，嘴裡便會吐出斷斷續續的青色火舌。

法師四周人聲鼎沸，跟著一大群東西，一起漸行漸近。

憑藉月光定睛細看，可以辨別出那一大群東西中不但有身軀嬌小如小狗、卻一頭馬臉的人；也有在人的頭顱下直接長出雙腳的妖物；更有用兩隻腳走路的貓。那是一群不倫不類的妖魔鬼怪。

這一定是傳聞中的百鬼夜行……

兼家嚇得毛髮聳然，趕忙讓兩名隨從躲進狹窄的牛車內，三人緊緊握著事前爲了避邪而準備好的《陀羅尼經》紙片，屏氣斂息地在牛車內打著哆嗦。

吾當白髮三千丈
心脾長達一萬尺

法師的朗誦聲逐漸挨近，最後在牛車前頓住了。

「咦？怪哉！怪哉！」法師的聲音傳進牛車內，「此處理應有人才對，為何不見任何蹤影？」

三人在牛車內嚇得魂飛魄散。

有人輕飄飄掀開牛車御簾，簾外出現了法師那碩大的臉龐，正往裡探看。

「裡頭也沒人。」

霑恩於《陀羅尼經》的靈驗，異類之流看不到三人。

法師那炯炯發光的黃色眼珠在牛車內巡視了一圈。

「啊呀，太不甘心了，久未吃食人肉，原本打算大快朵頤的……」

御簾垂了下來，聲音又在外面響起。

「既然如此，只好以此牛果腹了。」

聲音剛落，外面便傳來一群小東西嘰嘰喳喳跳躍的響聲，又傳來牛的激烈哀號。

兼家從御簾縫隙往外窺看，只見蒼白月光下，高大的法師正緊緊抓住牛脖子，張開大嘴嘖嘖有聲地吸吮著鮮血。

牛身上則聚集著黑壓壓一群小鬼，正啖食肉塊。

不久，牛停止了哀號，只剩下眾小鬼吞噬牛肉的聲音。

咕咚！

咯噠！

嘎吱！

嘎吱！

這大概是法師用利牙咬碎骨頭的聲音。

過一會兒，那聲音也休止了。

吾當白髮三千丈
心脾長達一萬尺

法師的朗誦聲再度響起。

走遍百回大輪迴
因果宿業之六道
踐踏愛憐花叢兒
橫心栽進畜牲道

聲音朝著原先來的方向漸行漸遠。

不久，聲音總算消失了。直至四周已鴉雀無聲，三人依然噤若寒蟬，動彈不得。

最後，兼家終於壯起膽子，戰戰兢兢掀開御簾，往外探看，發現繫在牛車前的牛已不見蹤影，法師和眾小鬼也消聲匿跡。

蒼白月光森森灑落的地面上，只剩下一大灘血泊。

三人在原地一直靜待天邊發白後，兼家才讓兩名隨從拉曳著牛車，一行人好不容易才回到宅邸。

結果，兼家沒到女人住處。

四

「總之，大致情形是如此。」博雅向晴明說。

到此爲止，博雅始終滴酒未沾，一口氣說完整個過程。

大概想滋潤因講話太久而口乾舌燥的舌頭，博雅舉起已斟滿酒的酒杯，一口喝盡。

方才那隻螳螂早已不見蹤影。

「博雅，你怎麼知道這件事？」

「因爲啊，晴明，這是兼家大人那夜打算探訪的愛妾說給我聽的。」

「噢……」

「那位愛妾是我以前一位大恩人的親戚，她說有事找我商量，請我一定要過去一趟。所以，三天前我就到她那兒，這是她當時告訴我的。」

「那位愛妾爲什麼找你商量？」

「因爲我跟你交情很好。」

「原來如此。」

「那位愛妾非常擔憂兼家大人的健康。兼家大人派人送去一首和歌，說他中了鬼魅瘴毒，暫且無法去愛妾住處了……」

「唔。」

「於是她拜託我去探望兼家大人。如果兼家大人的狀況相當嚴重，她又拜託我向陰陽師安倍晴明大人說明理由，看能不能請晴明大人去幫他驅除瘴毒……」

「所以你昨天便到兼家大人宅邸，結果聽了超子小姐所說的夜露故事？」

「對，正是這樣。」

「然後呢？結局怎樣了？」

「什麼結局？」
「兼家大人的狀況呀。」
「我向兼家大人大致說明了受愛妾之託的情形。我本來就沒辦法藏私作假，認爲據實相告比較好些。兼家大人聽後，非常過意不去。」
「然後呢？」
「我問他目前的健康狀況，他說，當時的確受了一場虛驚，感覺很不舒服，不過，現在大致恢復得差不多了。」
「那不是沒問題了嗎？」
「不，有問題。遇見百鬼夜行、幾天後突然過世的例子，不是很常見嗎？萬一某天早上兼家大人的家人醒來一看，發現寢被中的兼家大人已經全身冰冷，那時我可負不起這個責任。」
「可是，這個……」
「總之，晴明啊，你去看一下兼家大人吧。看了之後，如果你判定確實沒問題了，我也能鬆一口氣……」
「唔……」晴明抱著手臂沉思了一會兒。
「說得也是。博雅，那我們就這麼辦好不好？」
「怎麼辦？」

「待會兒我來寫一封信，你明天帶著這封信到兼家大人那兒，交給兼家大人看看。」

「然後呢？」

「你先請兼家大人當場讀我的信，再看他怎麼回答。」

「什麼回答？」

「你就說，『這是安倍晴明的意見，有必要叫晴明過來一趟嗎？或是不用了？』」

「噢。」

「如果兼家大人回說沒必要，我就不用多跑一趟了。」

「唔。」

「懂了嗎？」

「喔，嗯……」

博雅點點頭，晴明再砰砰地擊了兩次掌。

「萩呀，萩呀……」

晴明揚聲呼喚。庭院夜色中倏地出現一道人影。

是個女子，身穿外層衣裳上有紅紫色胡枝子花圖案的十二單衣。

「是……」

「我現在必須寫點東西，麻煩妳準備一下。」
「要準備在什麼地方呢？」
「直接送到這兒就可以了。」晴明回道。
「是。」女人回應了一聲，又倏地消失。
「是式？」
「嗯。」
兩人再度喝起酒來。不久，那名叫萩的女人，捧著置有筆墨紙硯的托盤，從裡屋出現。
「剛剛看她消失在庭院那地方，想不到再度出現時，竟然是從宅邸裡屋出來。我到現在還是搞不懂式這玩意兒……」
所謂式，指的正是式神。
不理會一旁少見多怪的博雅，晴明逕自磨了墨，再拿起筆、紙。
他在紙上刷刷地不知寫了些什麼，然後慎重捲起。
「博雅啊，你把這個交給兼家大人，再看他怎麼回答。」
「噢。」博雅接過來收入懷中。
「博雅，總之，難得碰到月色這麼美好的夜晚吧？你帶了笛子來嗎？」
「嗯，笛子每次都帶在身上……」

「好久沒聽你吹笛了，來一曲吧。一邊思量著螳螂的去向，一邊繼續相對飲酒，這種情趣應該還不錯。」

五

第二天入夜後，博雅才紅著一張臉來到晴明宅邸。

跟昨天一樣，博雅和晴明在窄廊上相對而坐。

「晴明啊，這事眞的有些蹊蹺……」一坐下，博雅便嘀咕起來。

「是不是兼家大人回說不用我跑一趟了？」

「正是呀。兼家大人讀了你的信後，一直搔頭，然後說，『原來安倍晴明大人料中了一切，眞是令人折服……』」

「想必應是如此。」

「他還吩咐我代他轉達謝意，說非常感謝你的顧慮。」

「果然不錯……」

「哎，晴明啊，我完全搞不清這到底是怎麼回事，這謎題如果不解開，我想今晚一定睡不著。所以，就這樣不請自來了。」

「兼家大人沒向你解釋嗎？」

「兼家大人說，晴明大人應該知道一切實情，叫我直接問你。」
「原來如此，那麼，我就不能不說了。」
「你快說吧，這究竟是怎麼回事？」
「簡單說來，這一切都是兼家大人設計的騙局。」
「騙局？」
「謊言啦。」
「謊言？」
「也就是說，他遇到什麼百鬼夜行、還有什麼大法師吞噬了牛車的牛等等，這一切都是謊言。」
「怎麼可能？為、為什麼他要扯這種謊……」
「因為兼家大人愛上別的女人了，事實應該是這樣。」
「女人？」
「不錯。大概是很早以前就在追求另一個女人，而那天晚上突然接到對方依允的答覆吧。由於他無法到那位跟你有交情的愛妾住處，所以編造出這樣的謊言，來掩飾他不去的理由。」
「什麼！」
「另外，那位遭受冷落的愛妾，其實也知道兼家大人撒了謊。」

「既然如此，那位愛妾爲什麼刻意託付我居中處理？」

博雅說畢，晴明微微一笑。

「因爲你是好漢子。」

「我？」

「唔，對方大概是想，若找你商量，你一定會拉我出場吧。」

「……」

「我一旦出場，便會立即識破兼家大人的謊言。她是想把事情鬧大，讓兼家大人出醜。」

「可是……」

「總之，既然兼家大人吩咐不必我過去一趟，就表示我猜測得完全正確。」

「你在信上寫了些什麼？」

「就是我現在向你說的這些話嘛……」

「不過，我還有一點搞不懂。你爲什麼知道一切實情？」

「當然知道。」

「爲什麼？」

「超子小姐不是早告訴過你了？」

「超子小姐？」

「就是那位在公的故事啦。」

「在公？」

「在原業平大人的故事呀。」

「你在說什麼？我完全聽不懂。」

「那個妖怪吃掉女人的故事，正是在原業平①大人的事。」

「什麼？」

「難道你沒讀過最近在宮中流行的故事？」

「什麼故事？」

「故事叫《伊勢物語》，內容相當有趣。裡頭有一篇正是妖怪吃掉女人的故事。」

「可是，爲什麼那故事可以識破兼家大人的謊言？」

「當然可以。」

「爲什麼？」

「那故事其實還有後續。事情是這樣的，業平公帶著女人私奔時，途中讓堀河大臣給發現了。」

①在原業平（西元八二五～八八〇年），第五十一代平城天皇之孫、平城天皇長子阿保親王的五男，母親是第五十代桓武天皇的皇女。最終官位是從四品上，擅長和歌，著有《在原業平集》。

「……」

「那女人其實是二條之后②。業平公帶著她正要遠走高飛時，卻遭受她哥哥堀河大臣的盤問，當場便搶回二條之后了。不過，畢竟不愧是業平公，沒說出女人被搶回去的事實，而說是給妖怪吃掉了，甚至拿夜露當引證，又創作了和歌，把整個過程塑造成淒美的故事……」

「那……」

「超子小姐知道一切實情，爲了不讓你丟臉，才刻意告訴你業平公那個故事，暗示她父親所講的一切都是謊言。」

「啊……」

博雅的聲音聽來失魂落魄。

「太出人意外了！原來事情是這樣的……」

博雅那粗獷的肩膀一垮。

「別洩氣，博雅……」

「我覺得，好像每個人都把我當成傻瓜。」

「沒那回事。其實大家都很喜歡你，兼家大人、超子小姐如此，我也是。所以大家才會顧慮你的面子。那位愛妾也是很喜歡你的。正因爲喜歡你，才會如此不見外地想利用你一下而已。」

②二條之后即藤原高子（西元八四二～九一〇年），第五十四代仁明天皇的名臣權中納言長良之女。二十五歲時，嫁給比她年輕九歲的皇太子惟仁親王（即第五十六代清和天皇），兩年後產下第一皇子貞明親王（即第五十七代陽成天皇）。兒子退位後，隱居二條院，通稱二條之后。

「晴明啊，你這樣說，可能自以爲安慰了我，但我一點都不高興。」

「雖然沒必要高興，可是也沒必要悲哀。對大家來說，你是個不可或缺的人。對我來說也是……」

「唔。」

「因爲你啊，眞的是個好漢子。」晴明說。

「可是我還是不高興。」博雅表情複雜地喃喃低道。

晴明左右爲難地搔了搔頭。

「要喝酒嗎？」

「喝。」

於是兩人再度逍遙自在地喝起酒來。

鬼小町

一

四周是春日原野。

無論是原野或青山，都宛如籠罩了綠意雲煙。

樹木枝頭上均抽出新芽，原野上剛萌芽的百草則披著一層令人忍不住要嘆息的嫩綠。

道路兩旁長出野萱草，地面上星散著吐露小藍花的婆婆納①。

有些地方雖還殘存著少數遲開的梅花，不過大部分的櫻花都快盛開了。

「晴明，這風景眞棒。」博雅發出心蕩神馳的聲音。

「還不錯。」

晴明邊回應，邊悠然自得地在博雅身旁漫步。

兩人走在坡度不怎麼陡的山路上。

覆蔽在兩人頭上的櫟樹和山毛櫸枝葉陰影，隨著陽光一起落在晴明所穿的白色狩衣上，描繪出美麗圖案。

此處是八瀨②。

不久前，兩人下了牛車，將牛車、車夫、隨從等人都留在原地。說好明天依約定的時間再來接送。

---

①日文為「イヌノフグリ」（inunofuguri）。

②京都市左京區，楓紅勝地，也是比叡山的登山口。

路，已狹窄得無法讓牛車通行。

「喂，晴明，你實在很不坦率。」

「不坦率？」

「我說這兒風景很棒，你卻一副不干己事的態度說『還不錯』。」

「我本來就是這種態度。」

「那你平常就是這副不干己事的臭模樣了。」

「嗯。」

「看到好的東西就說好，看到美麗的東西就說美麗，坦率地表露出內心感情比較……」

說到此，博雅閉住嘴。

「表露出來比較怎樣？」

「比較不累……」博雅嘀咕了一句。

晴明笑出聲來。

「笑什麼？」

「你是在擔心我？」

「唔，嗯……」

「你叫我要坦率表露內心的感情，所以我笑了，結果你又問我笑什麼，那我到底該怎麼辦？博雅啊……」
當然兩人不是在吵架，也不是爭辯。
只是你一句、我一句地互相調侃而已。
「話說回來，應該快到了吧……」晴明問。
「再一段路就到了。」博雅回答。
兩人的目的地是一座名爲紫光院的寺院。
寺院很小，主佛是一尊約三尺高的木雕觀音菩薩，一位名叫如水的老法師獨居在此。
前天，如水法師與源博雅一起來到晴明宅邸。
「這位是如水法師，很久以前我曾經受法師多方照顧。」
博雅如此向晴明介紹。
「法師獨自住在八瀨深山一座名爲紫光院的寺院，似乎遇到了十分棘手的麻煩事。聽了法師的描述後，晴明，我覺得這應該是你分內的事，便請法師一起過來。你能不能聽聽如水大人所講的事？」
於是，從如水口中得知了下述之事。
如水是兩年前才住進紫光院。
據說，紫光院本來是隸屬眞言宗的寺院，某段時期曾有住持掌管。當時

那位住持還算很盡職，經常唸經，可是住持過世以後，便沒人再住進去。直至兩年前爲止，紫光院都還形同一座破廟。之後由如水法師繼任，接管寺院。

如水法師本來是宮中樂師，專任吹笙，卻和某位貴夫人陷入難分難捨的關係。然而，對方是有夫之婦，因而東窗事發後，遭逐出宮廷。

最初他寄居在某位眞言宗僧侶友人的寺院，耳濡目染久了，經典也就無師自通，更可以有樣學樣地主持些僧侶的佛事。於是，便在友人的寺院接受了形式上的灌頂儀式。

那時候，如水偶然得知八瀨有座破廟，就決心住進去。

住進去以後，起初忙著修理正殿與其他地方，接著每天唸經拜佛。等寺院總算恢復了應有的格局時，如水發覺一件很奇妙的事。

那就是每天下午，總會出現一位不知來自何方、雍容文雅的老婦。老婦總是在正殿前擱下一些花、殼果、樹枝，然後離去。

如水有時會與老婦碰面，即便沒看到她，她也會在不知不覺中來到寺院，如常地在正殿屋簷下擱著樹枝與殼果。

每天都如此，幾乎從未間斷。

看到老婦時，如水若向對方打招呼，對方也會回應如水，但彼此之間卻從未刻意交談。

雖然對那老婦爲何要如此做的理由深感興趣，不過人家或許有難以啓齒的苦衷，因此如水也不向對方發問，就這樣不知不覺過了兩年。

不過，最近就連如水也忍不住了，開始在意起那老婦。

對方到底是什麼身分當然不得而知，但身邊不帶任何隨從，且無論下雨天或下雪天，每天單獨一人、風雨無阻地前來這座小寺廟，畢竟非同小可。

也許對方不是人，而是妖精也說不定。

不管是人或是妖精，身爲僧侶的如水每次一想起那老婦，總會感到熱血沸騰。

某天，如水終於按捺不住，向老婦搭話。

「這位夫人，非常感謝您每天都來正殿供奉花和樹枝，不過，請容敝人問個失禮的問題。您到底是何方貴人？」

老婦一聽，馬上恭恭敬敬地行了個禮，回道：

「法師大人，您總算發問了……」

接著又說：

「我住在離這兒往西不遠處的市原野，出於某種因由，才會如此每天都來叨擾貴地。我也曾擔憂這種舉動會給住持大人帶來困擾，所以打算等住持

大人哪天親自發問時，再順便請教一下住持大人的意見，而今天總算等到住持大人開口了……」

無論是嗓音或姿態，老婦的應對舉止都很柔和，風度文雅。

「怎麼會帶來困擾？千萬別這麼說。不過，如果您不介意，能不能將您每天都來供獻花枝的理由告訴敝人？」

「多謝住持大人的關懷，那我就全盤托出好了。另外，我也有事想煩勞住持大人代爲解惑。明天這個時刻，能不能勞駕住持大人光臨我在市原野的草堂呢？」

老婦接著向如水詳細說明自己住在市原野何處。

「那兒有兩株櫻花神木，神木中間有一座草堂，正是我住的地方……」

「敝人一定準時如約。」

「一定喲。」老婦再次叮囑過後才離去。

第二天……

如水於約定時刻前往老婦所指定的地方。

到了那裡一看，果然有兩株櫻花神木，也果然如老婦所言，神木之間有座草堂。

草堂上，櫻花已開了五成。

「有人在嗎？」

如水呼喚一聲，草堂內有了動靜，老婦出來了。

細看之下，如水發現老婦臉上化著淡妝。

「歡迎住持大人大駕光臨。」

老婦牽起如水的手，打算拉他進屋。

那動作柔情綽態，隱含媚氣，完全不似老婦該有的舉止。連氣息都令人感覺香氣芬馥。

如水情不自禁跨進了草堂，但見草堂內雖狹窄，卻整理得明窗淨几，角落有寢具，也準備了酒菜。

「來，來，這兒來……」

老婦拉著如水的手連連催促。如水冷靜地問：

「您打算做什麼？」

老婦露出黏人的笑容。

「人都來到這兒了，您不會是想逃之夭夭吧？」

老婦握著如水的手，怒目橫眉地瞪視著如水。

如水想掙脫老婦的手，卻擺脫不了。

「您是嫌我太老了是不是？那，您看，這樣的話……」

鬼小町

老婦還未說畢，她那張仰望著如水的臉，瞬間全沒了皺紋，化爲一張既年輕又美貌的臉。

「這樣的話，您滿意嗎？」女人向如水微笑。

如水頓時領悟眼前的女人果然是妖精，使出全身力氣想掙脫女人的手。

女人瞪視著如水。

「不願意？」女人的聲音突然變成男聲。

如水往後退步，女人跟著往前逼近。

「人家不願意喔！人家不願意喔！連這個爛和尚也討厭妳喔！看妳每次到寺院去時，總是全身發出淫氣，現在想來，那些淫氣也不知到底發到哪兒去了……」

女人的鮮紅雙脣發出男人聲音。

「您到底嫌我什麼？」這回是女聲。

「不，不，您不會走掉吧？您不會回去吧？」這回也是女聲。

接著又自同一雙鮮紅雙脣中發出一陣男人的哄笑，宛如在嘲笑女聲。

「哇哈哈哈哈……」

這無疑是妖精了。

如水恐懼不安起來。

觀自在菩薩
行深般若波羅蜜多時

如水口中喃喃唸著《般若心經》。

瞬間，女人的臉色變得凶惡可怕起來。

「哎呀……」女人放開緊緊握住如水的手。

根據如水所說，那時他趕忙掙脫女人的手，逃出了草堂。

當天晚上……

如水就寢後，聽到有人在門外敲門。睜開眼睛，如水往外問道：

「是哪位呀？」

「是住在市原野的女人，請開一下門哪。」

正是那女人的聲音。

……那個女妖精找上門來了，大概是來作怪加害……

如水驚恐得蒙上棉被，專心一志唸著經文。

「喔，他不願意，看吧，連那糟老頭都嫌棄妳呀。」

這回又從門外傳來男人的聲音。

「如水大人，請開一下門哪。」

「如水大人！」

「如水大人！」

「哎呀……」

「如水大人……」

呼喚如水的女聲與男聲持續了一陣子，然後消失了。

如水說，當時他嚇得魂不附體，門外聲音消失後，仍一直唸經到清晨。

那晚以後，連續兩夜都發生同樣的事。

老婦已不再於白天到寺院來供獻，但每逢夜晚，那女人的聲音便會來敲門。

如水實在忍無可忍，只好找博雅商談善後。

「到了，晴明。」

博雅停住腳步，伸手指向前方。

前方山毛櫸枝葉間，隱約可見寺院屋頂。

二

正殿木地板上鋪著圓草墊，晴明、博雅、如水三人相對而坐。

裡邊經壇上擱著一尊菩薩像，和顏悅色地俯視三人。

「昨晚她又來了嗎？」晴明問。

「是的。」如水點點頭。

如水說，和往常一樣，依然是女聲和男聲交互響起，等如水開始唸經後，不知何時便又消失了。

「您都如何處理那女人帶來的殼果和樹枝呢……」

「通常匯集了幾根後，再全部燒掉。我還留有一些沒燒掉的東西……」

「能不能讓我看看？」

「是。」

如水起身走出正殿，不一會兒又抱著樹枝回到原地。如水將樹枝擱在地板上。

「原來是……」晴明拿起一根樹枝低道，「這是柿子。」

接著又喃喃自語：「這是米櫧籽。」

晴明一一拿起擱在地板上的東西。

茅栗、柑橘樹枝。

「這根柑橘樹枝，起初是開花的樹枝……」如水說。

「是嗎？」晴明歪著頭，像是在思考什麼，「這是相當難解的謎語……」

「謎語？」

「嗯。好像猜得出來，又猜不出來。再多一點暗示的話，應該猜得出來。」

「晴明啊，那不跟我收到人家給我的和歌，老是猜不出意思時一樣嘛。」

博雅說畢，晴明眼睛一亮。

「博雅，你說什麼？」

「我是說，跟我猜不出和歌意思一樣啦。」

「和歌？」

「對呀，和歌，那又怎麼了？」

「太厲害了！博雅！」晴明大聲叫出來，「原來是和歌……」

晴明的表情像是終於嚥下梗在喉嚨的一塊東西。

「什麼？」

「所以這就是和歌。原來如此……」晴明自說自話地點頭。

「晴明啊，你在說什麼我完全聽不懂，能不能說清楚一點？」

也不知道晴明到底有沒有聽到博雅這句話。

「別急，等一下……」晴明制止了博雅，再向如水說道：「如水法師，麻煩您準備筆墨紙硯好嗎？」

「是。」

如水也和博雅一樣，如墮五里霧中。臉上雖露出詫異的神色，他還是在晴明眼前準備了晴明吩咐的東西。

晴明愉快地磨著墨。

「博雅啊，你眞的有一種奇妙的才能。也許你生來便具有某種連我都萬不及一的東西也說不定。」晴明邊磨墨，邊向博雅說。

「奇妙的才能……」

「不錯。名爲『博雅』這個才能——或說名爲『博雅』這個咒——對名爲『晴明』這個咒來說，很可能是成對的另一半。如果沒有博雅這個咒，那晴明這個咒或許就等於不存在了。」晴明歡天喜地說道。

「晴明啊，你這樣說我很高興，可是，我還是摸不著頭腦。」

「別急，等一下……」晴明說畢，擱下墨，再伸出右手拿起一旁的毛筆。

左手拿紙，右手在紙上沙沙運筆。

如水和博雅興致勃勃地望著。

「寫好了。」晴明擱下毛筆，將紙擺在地板上。

擺好後，再將紙上下顚倒，讓博雅與如水能夠看清紙上的字。

紙上的墨跡還未乾，漆黑地寫著：

吾為四品吟詩人

緬懷柑橘花之香

「大致是這個意思吧。」晴明說。

「喂，我完全看不懂，晴明，這到底是什麼意思？」

「看不懂嗎？」

「我也看不懂意思。」如水跟著說。

「我也並非理解了全部意思，不過，只要懂得這一句，應該可以當作解開其他謎題的線索。」

「啊呀，晴明，我完全摸不著頭腦。你的缺點正是每次都不肯把話講清楚。別裝模作樣了，快說出來吧……」

「博雅啊，所以說，我也不是全部都知道了，你再等等吧……」

「等什麼？」

「就等今晚吧。」

「今晚有什麼事？」

「那女人大概還會來。到時候，直接問她不就行了？」

「喂，晴明……」

「別急，等今晚吧……」

晴明將視線移到如水身上。

「如水法師，您這兒有沒有藏些什麼酒？在那女人來之前，我想跟博雅對酌一杯……」

「有是有……」

「太好了，今晚我們就邊賞花邊喝酒，大家來談天說地吧……」

「喂，晴明……」

「就這樣決定了，博雅。」

「喂！」

「喝酒吧。」

「可是……」

「喝酒吧。」

「唔，嗯。」

「喝吧。」

「嗯。」

事情就這樣決定了。

三

晴明與博雅一直對酌到夜晚。

不過，他們畢竟沒在正殿內喝。

他們移到正殿旁一棟與草堂相去不遠的小屋內喝酒。

那小屋是如水的臥室。入口處不但有泥巴地，也有爐灶，可以生火煮炊。

三人坐在地板房內。炕爐旁鋪著圓草墊，三人圍著炕爐而坐。

只要打開房門，便可從這間地板房直接通往正殿。

「這是給客人喝的酒……」如水向兩人解釋，自己則滴酒不沾。

只有晴明與博雅對酌。

不管喝了多久，晴明始終不肯坦白說出那和歌的祕密，所以博雅有點不高興。

博雅的下酒菜是樹枝和殼果。

他不時將這些東西拿在手上研究，又擱在地板上，瞪視著晴明那張寫有和歌的紙，再不時舉起酒杯送到嘴邊。

「看不懂……」有時候低喃了一句，又舉杯喝酒。

大概是吹起風來了，外面黑夜中，風聲呼呼作響。

不久，便到了深夜。

擱在地板燈燭盤上的蠟燭，微微左右晃動。

「大概快來了吧……」晴明仰望著昏暗的天花板說道。

左右晃動的燭光映照之下，天花板也披上紅光搖曳起來。四周的木板牆壁上，三人的影子已伸爬到天花板附近。

「我雖然不懂和歌，不過，晴明啊……」博雅突然開口。

「什麼事？」

「我總覺得，深夜來訪的那位女人，很可能是個極爲可憐的女人。」

「喔……」

「她那種年紀，竟然住在這麼偏僻的地方，而且是單獨一人吧？」

「唔。」

「不管有什麼難言之隱，總之，她每天都會到這觀音正殿來供獻一些樹枝和穀果，對吧？」

「唔。」

「然後，第一次聽到如水法師開口向她問話。在那女人聽來，如水法師是不是等於在問她，『可愛的人兒啊，請問妳的芳名叫什麼』……」

「唔。」

「我想，那女人大概爲了想讓如水法師多認識自己一些，才會請法師到自己的草堂去。結果，如水大人途中逃走了，那女人感覺很悲哀，只好每晚都到這兒來。事情大概是這樣的……」

「是嗎……」

「那女人只在晚上來，我想，是因爲她並非普通人，而是妖物或其他非人之類的。不過，即便不是人類，我還是覺得她很可能是個可憐的女人。」

「唔……」

「我本來想試著理解這首和歌的意思，可是，看著這些樹枝和殼果，看著看著，我便逐漸有了這樣的感覺……」

「博雅啊……」晴明開口，「也許你是最能理解這首和歌的人，連我都要自嘆不如……」

出乎意料之外，晴明竟然一本正經地如此說道。

外面的風聲益發加強。

這時……

門外傳來叩叩敲門聲。

「法師大人，法師大人……」是女人的聲音。

那聲音非常細微，似乎隨時就會消失，卻又清晰地傳了進來。

如水打了個顫，全身僵硬起來，坐立不安地望著晴明。

「請您開一下門哪，我是市原野的女人……」

晴明看似在暗示如水不要擔心，向如水使了個眼色後，站起身來。

跨下地板房，來到泥巴地，晴明走到門口，站在門邊。

「法師大人……」

聲音剛響起，晴明冷不防鬆開支棍，將門往旁一把拉開。

隱隱可見門外站著一個人影。

無數櫻花花瓣隨著夜風，從那人影背後嘩地吹進小屋內。

晴明的頭髮往後飄動，室內的燭光即將吹滅般搖來晃去。

那是個美人胎子。

女人一看到晴明，雙眼立即左右高高豎起。

噗、噗兩聲，左右眼角都裂開了，留下一串類似眼淚的鮮血。

額頭兩端又突、突地冒出兩支穿破額頭肉的犀角。

「好小子，如水！你竟然叫了陰陽師來，企圖制伏我……」

女人發出怒吼時，晴明往女人方向跨前一步。

「讀讀看。」晴明將那張寫著和歌的紙片遞給女人。

女人接過紙片，視線移向紙上的和歌。

「噢……」女人叫了一聲。

隨即，女人額上的犀角逐漸縮小，左右豎起的雙眼也漸漸恢復原狀。

「這是，噢，我的……噢，俺的，我的，喔……喔……這眞是太好了，居然有人……理解了那些東西……有人解開了……」

令人怵目驚心的是，女人那鮮紅雙唇中竟交互迸出男聲與女聲。

女人手中拿著紙片，在櫻花花瓣中嚎天喊地瘋狂扭轉著身子。

之後……

咻！女人突然失去蹤影。

只見剛剛兩人站立的門外颳起一陣狂風，櫻花花瓣隨著狂風漫天飛舞，呼呼地飄進小屋內。

四

「博雅啊，簡單說來……」

依不過博雅的央求，晴明終於邊喝酒、邊向博雅說明和歌的意思。

「柿子，是暗示柿本人麻呂③大人；茅栗，則是山部赤人④大人。」

「什麼？」

「人麻呂大人宅邸門前有一棵柿子樹，所以才冠上『柿本』這個姓氏，這不是眾所皆知的事嗎？赤人大人的墳墓旁長著茅栗，這也是大家都知道的事。當我推測出這兩種東西各自代表柿本人麻呂大人和山部赤人大人時，我才確定這些東西一定與和歌有關。」

「那米櫧籽呢？」

「就是殼果嘛，表示和歌中的『吾爲』二字。米櫧籽意指身分是四品歌人。」⑤

「原來……」

「既然如此，依照人之常情，當然便會聯想到柑橘花應該也跟和歌有關。而跟柑橘有關的和歌，一般人首先浮現的是……」

橘花餘韻遍五月
眷戀昔人袍袖香⑥

---

③柿本人麻呂，生卒年不明，七世紀後半的宮廷歌人。《萬葉集》代表歌人之一，為日本「和歌二聖」之一。

④山部赤人，生卒年不明，奈良時代初期的宮廷歌人。《萬葉集》代表歌人之一，也是日本「和歌二聖」之一。

⑤原文是「歌詠みのこの身の上は四位なれば　花橘の香ぞしのばる」。「殼果（木の実）」與「吾為（この身）」的日語發音皆為「konomi」，而「椎（しい）」的發音是「shii」，與「四品（四位，しい）」同音。將原文和歌中的「実の身の上は四位」代換成「木のの上は椎」——「実」字之上是「椎」字，即得「椎の実」。「椎木的殼果（椎の実）」稱為「米櫧籽」。

⑥出自《古今和歌集》，作者不詳。

晴明揚聲朗誦那首和歌。

「我作的那首和歌最後一句，正是借用了這首和歌。不過，實際上只要用到『柑橘』一詞，不論是哪一首和歌都無所謂。」

「唔。」

「我是將柿本人麻呂和山部赤人這兩位大人合起來，解釋爲『歌人』，再創作出那首和歌給她看……」

「那麼，那首和歌是什麼意思？」

「這個……」晴明低喃了一聲，再繼續講解和歌內容。

「所謂歌人，通常單指一人，但有時候是指所有和歌創作者。簡單說來，是這個意思……」

……我是具有兩個不同人格的歌人。

「首先，她說明了自己的立場。其次，她提到了自己的身世，說她的身分是四品官位——這應該是男方的身分吧。最後，女人託付橘花來說明自身的心境，表示她很眷戀往昔……」

「原來是這個意思！晴明啊，你只不過看了那些樹枝與米櫧籽之類的東西，竟可以推測出這麼複雜的內情……」

博雅發出與其說是讚嘆，不如說是驚訝得無言以對的叫聲。

「不過，博雅啊，這都是你的功勞，因爲你給了我非常重要的線索。如果沒有你，我大概無法解開那些樹枝與殼果的謎……」

「晴明，你每次一看到什麼東西，就會推測這些複雜的事物嗎？」

「根本不複雜。」

「你不累嗎？」

「當然累。」晴明邊笑邊點頭。

「博雅，明天上路吧。」

「上路？去哪裡？」

「市原野那女人的草堂。」

「爲什麼？」

「到她那兒後，不問她其他種種問題不行。」

「問什麼？」

「問她爲什麼每天都要在正殿供奉那些樹枝與殼果，再問她叫什麼名字。另外，爲什麼兩人的靈魂會同時附在一人身上，還有其他問題……」

「喔。」

「因爲這些問題我也推測不出來。」

「那我就安心了。原來你也有推測不出來的事情。」

晴明轉身面向如水，說：「明天能不能請您帶路？」

五

「就在那兒。」如水停住腳步，伸手指向前方。

「哇……」博雅站在如水身邊，情不自禁叫出聲。

那是美不勝收的櫻花神木。

兩株高大的櫻花神木，正開滿櫻花。樹枝看似承擔不住密密麻麻的櫻花而下垂。明明沒有風，花瓣卻不斷從樹枝飄落。

四周似乎只有櫻花樹下那個地方，凍結著清澄空氣。

兩株櫻花神木下，有座小草堂。

三人緩步前進，不久，一位老婦從草堂內文靜地走出。

身上穿著華麗的絲綢十二單衣，下擺在地上沙沙拖曳。

三人停住腳步；老婦也停住腳步。

晴明往前跨出兩步再停止；老婦看似迎客地跪坐在原地。

老婦臉上化著妝。頰上塗著白粉，雙脣也抹上硃紅。

櫻花下，晴明和老婦相對。

「您是安倍晴明大人嗎……」老婦恬靜地開口。
「妳叫什麼名字?」
「那是一百年前的事了,《古今和歌集》中有這麼一首和歌……『綿綿春雨櫻花褪,容顏不再憂思中』……這首和歌的作者正是我。」
「這麼說來,妳是那位……」
「曾經有個姑娘,名為小野小町,那姑娘百年之後的容顏,正是我。」
「為什麼小町大人會出現在這種地方?」
「經過百年歲月,小町正是在這兩株櫻花神木下與世長辭……」
「小町大人的靈魂又為什麼駐留在這世上?」
「我到現在還無法瞑目成佛……」
「為什麼無法瞑目成佛?」
「女人呀,實在是罪孽深重、恬不知恥,請你們訕笑我吧……」
老婦小町緩慢地站起身,邊起身邊低沉唱道:

前佛已離去
後佛還未至
生於夢幻中

何者是現實

小町唱著唱著，揚起小手，開始慢條斯理地且歌且舞。自她那小手中，櫻花花瓣也隨之無聲無息地四處飄舞。

吾身是誘惑浮萍的流水
吾身誘惑浮萍
浮萍不來
哀哀欲絕⑦

「我跟漂流在水面上的浮萍一樣。嗚呼，往昔我的頭髮像翠鳥那般明豔動人，宛如隨風搖曳的柳絲。聲音有如黃鶯的婉轉鳴聲……」

含著露水的細梗胡枝子
只是落英散盡
比不過吾身飄零

⑦出自「卒塔婆小町」，是能樂觀世流始祖觀阿彌（西元一三三三～一三八四年）的代表作之一。三島由紀夫也曾改編為現代劇本，收錄在《近代能樂集》中。

「唉，往昔的我太傲慢了，不過也因此更顯得我美貌無雙，贏得眾多男人心馳神往……」

老婦小町舞著舞著，臉上的皺紋也隨之消失，變成綺年玉貌的姑娘。

身子拉高了……

腰也挺直了……

櫻花花瓣無聲無息地降落在她身上。

「也曾以身相許給達官貴人，成天吟詩作對，日子過得非常愜意。不過，那也只是一時而已……」

小町停止了舞步。

「唉，浮雲變化多端，人心也宛如在風中翩翩飛舞的蝴蝶羽翼，隨時隨地、片刻不停地改變顏色，青春美貌如何能獨獨永駐呢？人都會增長歲數，我當然也會失去美貌，失去美貌的同時，男人也會自我身邊離去。唉，對女人來說，這世上還有什麼事，比任何男人都不屑一顧還令人悲哀呢……」

小町的臉，慢慢又變成原本老婦的臉了。

花瓣依然綿綿不斷地飄落在她的臉上、白髮上。

「而只要活得愈老，不知不覺中，連世間一些身分卑賤的女人也會輕蔑我，說我邋遢。不但在眾人面前出醜，也讓眾人嘲笑說，『那就是往昔的小

町啊』。這樣一天又過了一天，我也老了，淪落爲百歲老太婆，最後死在此地。這正是我哪。」

「……」

「再一次，再一次，讓眾人喝采我的美貌，歌頌吾身不愧是小町；就算只是一夜夢幻，也想再度於男人懷中失魂狂亂一番哪。正是這種慾念令我無法成佛呀。」

說到此處，小町勃然變色，仰望著上空。她的面相已然改變。

「哇哈哈哈！」小町發出男聲大笑。

「喔，喔，喔喔喔！小町呀小町呀小町呀，我心愛的人兒呀，妳在說什麼？到底在開什麼玩笑？我不是在妳身邊嗎？讓我來誘惑妳吧。我來吸吮妳那已經乾巴巴的乳房吧！」

小町左右撥甩著頭。

嘩！

嘩！

長髮也左右甩來甩去，鞭打著小町的臉頰。

「我來誘惑妳吧！百年，不，千年，不，萬年也好，無論妳過世了或再重新投胎，往後我都會讚揚妳那滿是皺紋的臉很美麗。也會吸吮妳那只剩下三顆黃牙的嘴。我不會拋棄妳，絕對不會拋棄妳……」

發出男聲的小町，緊緊咬著只剩幾顆的牙齒。

「你是誰？」晴明問對方，小町依然以男聲回道：

「你不認識我？我正是那個向小町求愛了九十九夜，卻在第一百夜因相思病而死的男人，人稱深草少將……」

「九十九夜？」

「你不知道？」

「不知道……」

「我愛上這個女人，曾經送情書給她。可是不管我送出多少情書，始終沒得到回音。雖然有很多男人迷戀小町，但沒人能比得過深草的四品少將的我，對小町所付出的深情。」

「……」

「不，僅有一次，我收到小町的戲弄回音，要我求愛一百夜。她說，只要我每夜風雨無阻到她住處求愛，第一百夜時，將願意以身相許。我如約求愛了九十九夜，不料在第一百夜竟死了。真是令人終身遺憾。正是這種怨恨之情令我無法瞑目，便附體在這個小町身上。」

「這男人附體在我身上，害我失去了安居之地……」

「對，既然如此，我便發誓化身爲煩惱惡犬，附體在這女人身上，即便用棍子擊打，我也絕不離開。」

「這是多麼悽慘的姿態呀！」

小町口中交互發出男聲與女聲，再度慢條斯理地起舞。

多麼駭人耳目的姿態呀
寧遭棒打也不願離開
那麼吾將化身為煩惱惡犬

瘋了。

老婦小町的眼神已失去理智。雖瘋了，卻仍載歌載舞。

櫻花神木嘩嘩地搖晃起來，花瓣紛紛漫天飛舞。

小町在櫻花花瓣中舞著。

「晴明……」博雅開口，但晴明默不作聲。

「正是我附體在這女人身上將她殺了！殺掉以後我也絕不離開她……」

「你撒謊。」

「我撒了什麼謊？」

「是誰說過，只要我持續供奉樹枝和殼果給那小寺院，若是哪天出現了能解開樹枝謎題的人，你將會離開我。」

「我說的。」

「那爲什麼還不離開？」

「怎麼可能離開？我知道妳愛慕那個和尚，誰要離開這個爛女人？我打算迷戀妳到底，千年，萬年，永遠永遠迷戀到底。小町呀，無論這天地變得如何、妳的美貌盡失，我對妳的深情可是一成不變。啊，我是竭盡全力在愛妳呀！愛妳這個爛女人……」

「沒良心！」

「哇哈哈哈！」

「沒良心！」

「哇哈哈哈！太愉快了，小町……」

老婦眼中留下一串淚。不知道是男方還是女方的眼淚。

櫻花在上空轟轟作響。

漫天飛舞的櫻花花瓣打著激烈漩渦，小町在花瓣下踏著舞步。

邊舞邊流淚。

小町的額頭上突、突地發出聲音，彎曲的犀角突破額頭肉冒了出來。

「呵呵呵呵……」
「哇哈哈哈……」
花瓣中響起兩人的哄笑。
櫻花轟轟作響。
「晴明！」博雅大叫，眼中也流下一串淚。
「晴明！你怎麼了？爲什麼？爲什麼你要束手旁觀……」
晴明默默無言。
女鬼在漫天飛舞的櫻花花瓣中，瘋狂地且笑且舞。
「晴明！」博雅發出悲鳴，「你到底怎麼了？以你的力量，不是可以幫助她嗎……」
晴明望著狂舞的女鬼，緩緩搖頭。
「我幫不上忙……」
「你幫不上忙？」
「救不了。」晴明說，「不僅我救不了，任何人都無法拯救這兩人。」
「爲什麼？」
「救不了的，博雅……」晴明的聲音似乎充滿深切愛情。
「晴明，我……」

「博雅啊，抱歉，我也有束手無措的時候。」晴明宛如在齒間咬著蒼火般地回答。

漫天飛舞的櫻花花瓣漩渦下，什麼都看不見了。

只能感覺到女鬼仍踏著舞步。

這樣竭盡心思
這樣盡心盡力，不知踏破多少牛車凳
啊呀思念情郎啊呀思念情郎
啊呀思念情郎啊呀思念情郎

桃園柱穴伸出
稚子小手向人招手

一

櫻花季節過去了，開始吹起初夏薰風。

安倍晴明橫躺在窄廊上，右手肘支在地板，手掌頂著下巴，漫不經心地瀏覽著庭院。

五月和風徐徐吹來，連晴明身上的白色狩衣也染上新綠顏色一般。

博雅端坐在晴明面前，恬靜地喝著酒。

落英後長出嫩芽的櫻花樹上，尚存著還未凋謝的櫻花，一朵、二朵、三朵……

櫟樹、山毛櫸、栗樹。

無論是樹葉或雜草，所有新芽顏色均是令人情不自禁驚嘆的嫩綠。

樹梢彼方可以望見藍天，白雲悠悠在其上緩緩飄移。

晴明照樣橫躺著，偶爾伸出左手，隨意取杯喝酒。

「晴明啊，不知怎麼回事，我的心怦怦跳。」博雅陶醉地眺望著庭院風景說道。

「怎麼了？」

「唔，每年到了這個季節，不知怎麼回事，我總是心神不定。應該說是

很高興吧；也可以說很振奮吧。總之，就是很想隨風飛到天上那種感覺，嗯，應該是這樣……」

晴明雙脣含著鮮紅山茶花般的微笑，傾聽博雅的話。

「人心眞是不可思議又難以捉摸啊……」

呵呵。晴明不出聲地笑著，慢條斯理地支起身。

他背倚窄廊柱子盤坐，支起左膝，膝上擱著左手肘。

「說到不可思議，喂，晴明啊，這世上眞的有一些平常我們認爲不足爲奇，可是有時又變得令人驚恐萬分的東西喔。」

「什麼東西？」

「你聽過源高明大人那棟桃園邸的事嗎？」

「唔。」晴明點點頭。

桃園邸的事是這樣的：

桃園邸寢殿東南主房的柱子上，有個節子孔。

每逢夜晚，自那節子孔中會伸出一隻又小又白的稚子右手，晃來晃去向人招手。

也不是刻意向誰招手，只是彷彿招呼人過來似地晃動。

最初發現那小手的人，是源高明僱來專門照料身邊瑣事的侍女小萩。

「哎呀……」小萩發現那小手時，大驚失色地尖叫。

那稚子小手沒做什麼特別的惡作劇。只是不知何時開始，每逢夜晚，總會自柱子節子孔中伸出來，向人招手。

然後，又在不知不覺中於凌晨前消失。

「大概是妖物的一種吧。」

既然不會危害任何人，高明本想置之不理，只是家人畢竟感到恐懼，便將寫有經文的紙綁在節子洞上方附近。結果，小手還是會伸出來。

其次在柱子上貼了一張佛像畫，小手依然出現。

「太奇怪了。」高明見狀喃喃自語，取出戰場上使用的箭，插入那節子孔內。

之後，稚子小手不再出現了……

「聽說高明大人爲了不讓那小手再度出現，便將箭頭留在節子孔中。晴明啊，我聽到這件事時，全身起了雞皮疙瘩，實在太恐怖了……」

「唔。」

「仔細想想，這不是比那些妖魔鬼怪吞噬人的事還可怕嗎？」

「說得也是。」

「晴明啊，是稚子的手呀！稚子的手……」

博雅將酒杯擱在地板。

「類似這種不知原因、也不知道理由，令人丈二金剛摸不著頭腦的玩意兒，說眞的，也相當恐怖。」博雅抱著胳膊自言自語。

晴明愉快地望著博雅的樣子，開口說道：「你知道那件事的後續嗎？」

「後續？」

「嗯。」

「什麼後續？這件事不是就此結束了嗎？我沒聽過什麼後續……」

「想知道嗎？」

「想。」

「事情是這樣的……」

晴明開始描述後續。

二

有一陣子，稚子小手不再出現。某天……

源高明在那主房中喝酒。時刻是夜晚。

由於酒已喝光，侍女小萩端著另一瓶酒進來時，無意中發現有東西掉落在腳底。

是個小小、長長的東西……

「咦？什麼東西掉在地上……」

小萩撿起那東西，定睛一看，原來是人的手指。

「哎呀！」小萩尖叫，當場一屁股蹲坐在地板上。

高明立刻命人尋查家中有沒有失去手指的人，然而，沒有任何人失去任何一根手指。

那麼，很可能是有人故意惡作劇。經過一番查問後，卻無可疑之處。

到底是怎麼回事？

第二天晚上，高明正想就寢時……

「咕咚！」耳邊傳來響聲。

高明覺得很奇怪，手上拿著本來打算熄滅的燈火，往響聲傳來的方向照去。

「聽說地板上又掉落了一根手指。」晴明興致勃勃地說。

「手指？」

「正是手指。」

幾乎每晚都會自天花板上掉落手指。

本以爲天花板大概有能讓手指掉落的空洞，豈知根本沒有。也命人檢查了天花板內部，結果毫無異狀。

只是會有一根手指咕咚落下而已。

有時似乎是右食指，有時則是左姆指，掉落的手指總是各式各樣。更有一次，連續兩夜都掉落右姆指。

高明每次都坐在手指掉落的附近，眺望天花板，想尋究手指到底是從天花板的何處落下，或是自空無一物的半空掉落。但他也無法目不轉睛地一直望著同一處。

每當他不禁鬆懈精神時……

咕咚！聲音便會響起。

往聲音響起的地方望去，手指已掉落在地板上。

他也曾試圖尋找手指出現的位置，努力了幾次，結果都一樣。無法看到手指掉落的那一瞬間。

每逢鬆了一口氣或睡意來襲時……不知不覺中，手指已落下了。

高明不勝其煩，再度將箭插入看似會掉落手指的天花板。

結果，手指不再掉下來了。

「那不是很好嗎？」博雅說。

「然而，問題並未解決。」

「什麼？」

「這回是青蛙。」

「青蛙？」

「每天夜晚，那間主房會出現青蛙。而青蛙總是在不知不覺中出現在地板上……」

這也跟手指事件一樣，無從得知青蛙到底從何處爬出來。

總之，待有人察覺時，青蛙已在地板上爬行。

「你這個東西！」

高明這回將箭插在房間四隅的地板，青蛙才總算不再出現。

「不過，取而代之的是……」

「是什麼？」

「這回變成是蛇。」

是青大將①。

蛇不僅出現在那主房，甚至出現在整座宅邸內。

而且不只是一條或兩條。

無論夜晚或白天，宅邸內到處可見蛇在匍匐前進。

①日本原生、暗綠色無毒的蛇，黃頷蛇的一種。

柱子、天花板橫梁、地板……

其中也有蝮蛇。

高明命家人捕捉這些蛇，又恐怕蛇精作祟，遂將這些蛇都丟棄在別處。

「光是三天，便捕捉了一百條以上。」

「一百條？光是三天……」博雅大吃一驚，「那一定令人受不了。可是，這件事我毫不知情。我一直以爲只會出現稚子小手……」

「那是因爲這類傳聞會影響聲譽吧，所以高明大人不便對外聲張……」

「可是，你怎麼知道這件事？」

「因爲高明大人來找我商談。」

「什麼時候？」

「今天早上。他拜託我到宅邸一趟……」

「然後呢？」

「我向他說，湊巧今天跟博雅約好一起喝酒……」

「等等，晴明，我雖說過要來你這兒，可沒說要一起喝酒。」

「現在不是正在喝酒嗎？」

「不是，可是，這……」

「有什麼關係？反正高明大人爲了自家事已煩透了，根本不在乎白天我跟博雅到底有沒有喝酒。」

「唔，嗯……」

「高明大人又說了……」

「說什麼？」

「他說，『如果博雅大人願意賞光，請博雅大人與晴明大人一同光臨寒舍。寒舍也會備好酒菜』……」晴明模仿高明大人當時的動作，向博雅行了個禮。

「看吧！高明大人果然很在乎喝酒的事……」

「在乎的是你。」

「我才不在乎。」

「那不就好辦了？」

「唔，唔……」博雅答不上話來。

「怎樣？去不去？」

「唔……」

「怎樣？」

「好吧。」

「走。」

「走。」

事情就這樣決定了。

三

不久，一位身穿淺黃色男士便服、看似十七、八歲的姑娘，輕飄飄地出現在院子。

「青子呀，結果呢？」

「源高明大人派來迎接的隊伍，正在一條戾橋上……」

「喔，來得正好。」

晴明說畢，青子慢條斯理地深深鞠躬。

正要抬起臉時，青子整個人就消失了。

「是式嗎？」

「嗯。」

所謂式，指的是式神。

式神是晴明操縱的一種類似精靈的鬼神。

「博雅啊，你也聽到了吧？把剩下的酒都喝光吧……」

晴明舉起酒瓶，在自己與博雅的空酒杯內倒酒，倒完後，剛好瓶內的酒也光了。

「迎接的人到了……」

不知從何處傳來青子宛如和風的聲音。

來迎接的是牛車。

博雅和晴明在牛車內相對而坐。

牛車嘎吱嘎吱地往前行走，最後來到桃園邸。

四

卻說——

晴明和博雅、源高明三人，在寢殿東南主房內相對而坐。

「……事情大致是如此。我想這棟房子或許有妖魔作祟，才請晴明大人過來觀看一下……」

「唔。」

晴明目不轉睛地望著天花板和地板。

「總覺得有點怪……」

剛說畢，耳邊便傳來咕咚、咕咚兩聲，不知從天花板哪裡又掉落兩條巨大青大將了。

「唷……」

博雅立起單膝，手握住腰間長刀。

「不用緊張，這沒什麼。」

高明砰、砰拍了兩下手掌，只見兩名內侍拿著兩把類似火鉗的棒子和袋子，手腳俐落地交互撿起兩條蛇，放進袋中。

「請恕小的打攪了。」兩名內侍行了個禮，又退出房間。

「看吧，情況就是這樣。」高明說。

「剛剛環視了一下，所有柱子和橫梁都沒看到任何一條蛇……」博雅恢復了坐姿說道。

「都是在不知不覺中冒出一大堆……」

再度細看，天花板橫梁上果然插著一支箭，地板四隅也各自插著箭。

「那就是出問題的柱子嗎？」晴明伸手指向高明背後的柱子。

「是的。」

「能不能讓我察看一下？」

「請。」高明說畢，晴明便站起身來。

「是這個節子孔嗎？」

「是。」

「裡面好像有什麼東西。」

「那是上次插箭進去時的箭頭。」

「哦……」晴明轉身面向高明，「我想巡視一下整棟宅邸……」

「當然可以，請便。」

晴明觀看了整棟宅邸一圈。

「唔……」

晴明若有所思地光著腳從窄廊來到庭院。

「從這兒觀望，按理說應該可以看到如意岳，請問是在哪個方向……」

「就在那邊。」

晴明抬眼望去。

「喔……就是那個屋簷下隱約可見的山頭吧。」晴明點點頭，「原來如此……」

隨意拂了一下腳底，晴明又登上窄廊。

三人再度於主房內相對而坐。

這其間，宅邸內四處又發現幾條蛇，內侍照例撿了蛇，丟到外面。

「知道了什麼嗎？」高明問晴明。

「是，知道了些許……」

「這房子到底出了什麼問題？」

「首先是如意岳。」

「如意岳？」

「是。大地和人的身體一樣，有許多氣脈流動……」

「是、是。」

「從如意岳流出的幾道氣脈中，湊巧有一道源自艮位，流入這宅邸下。」

「嗯？」

艮，東北角也，鬼門方位。

「這棟宅邸內，有某種東西堵住了那道氣脈。」

「是嗎？」

「那位叫小萩的侍女來這宅邸奉事之後一陣子，稚子小手才出現的吧？」

「是的。」

「那麼，能不能麻煩高明大人命其他人不准靠近這房間，再叫小萩單獨一人來這兒？」晴明說。

五

小萩進來了，坐在離三人稍遠的地方。

晴明站起身來，走到小萩面前。

「恕我失禮。」

晴明將手掌依次貼在小萩的頭、背、胸與腹部。

「了解了。」說畢，晴明又回到原位坐了下來。

「對了，高明大人，這宅邸內有井嗎？」

「有是有，井有什麼問題嗎……」

「最近那口井有什麼變化嗎？」

「這麼一說，我才想到那口井的水量最近的確減少了，聽說好像只有平常的一半……」

「原來如此。」晴明再度環視眾人，「堵住如意岳氣脈的，正是這位小萩。」

「什麼？」高明轉頭望向小萩。

當事的小萩聽不懂意思，驚訝萬分。

「這到底是怎麼回事？」高明問。

「老實說，京城這地區也有天地巨大的氣脈流進來。北方船岡山那附近有龐大的地龍，東方賀茂川有水龍，二者都流入這個京城。例如，地龍喝水的地方，正是神泉苑的池塘。」

「哦……」

「不過，如果不堵住流進來的氣脈力量，讓氣脈自由流動的話，氣脈會往外流失，而堵住這道氣脈的力量，正是東寺與西寺那高大的佛塔……」

「……」

「話雖如此，也不能光是堵住就了事，還必須讓溢出的氣脈逐漸流回外界的天地。京城東南方的鳥邊野正具有這樣的功能。」

「這……」

鳥邊野……京城鳥邊野正是埋葬或火葬屍體的場所。

「高明大人，小萩身懷六甲了。」

「什麼？」高明望著小萩，「眞的嗎……」

「是。」小萩雙手扶地低下了頭。

「堵住流通這宅邸氣脈的障礙物，可說正是小萩和她腹中的孩子，是她們母子讓氣脈滯留在宅邸內。所以，通往這宅邸下的氣脈力量會滿溢出來，想流到外界。稚子小手以及青蛙、蛇，都是大地水龍爲了掙脫圍堵而顯現的跡象。」

「原來如此……」

「如果堵住了大地氣脈，我猜測宅邸內的井一定會發生某些變異，所以剛剛才問及有關井的事。果然如我所料……」

「那，到底該怎麼辦呢？」

「先將柱子內的箭頭、天花板橫樑上的箭，以及地板四隅的箭通通拔掉。然後，在宅邸地皮的東南方蓋一座功能類似鳥邊野的小墳塚。如此一來，一切都會恢復原狀。」

「原狀是……」

「頂多會出現稚子小手而已。過分改變大地氣脈的話，後果可不是出現蛇這種小事便能了結，而是會發生更嚴重的事……」

「更嚴重的事？」

「例如這宅邸的主人因大病而過世……」

「了解了，馬上遵行……」

「如果讓這位小萩離開宅邸，這些奇異現象便會全部消失，不過，若是想留在身邊，那就不得不按照我所說的去做了。」

「孩子生下來以後呢？」

「孩子生下後，會全部恢復原狀。至於高明大人將如何處置，就不是晴明力所能及的範圍了……」晴明深深行了個禮。

六

「晴明啊，結果小萩腹中的孩子是不是高明大人的？」

歸途，博雅在牛車內問起。

「應該是吧。」

「原來如此，所以你才說不准其他人靠近那房間……」博雅邊自言自語邊點頭。

「對了，這兒有高明大人送的酒。」晴明舉起酒瓶讓博雅看，「回去後繼續喝吧。」

「嗯。」博雅點點頭。

高明遵照晴明的吩咐後，宅邸的怪異現象果然消失了，只剩下柱子節子孔在夜晚時會伸出稚子小手向人招手。然後，等小萩生下孩子，稚子小手也不再出現了。

堀川橋上
源博雅邂逅妖女

一

有位男子，名爲源博雅。

他是平安時代中期的官人，也是雅樂家①。

父親是第六十代醍醐天皇的長子克明親王，母親是藤原時平②之女。

據說生於延喜一八年（西元九一八年），另一說是生於延喜二一年（西元九二一年）。比紫式部③與清少納言④還要早一個時代，是一位將宮中高雅風氣當做空氣般呼吸著的人物。天延二年（西元九七四年），朝廷授予他從三品官位，是身分高貴的殿上人⑤。

我們先來說一下有關源博雅這位人物。

根據史料，源博雅相當多才多藝。

萬事卓越超群，尤以管絃之道造極。

《今昔物語》中記載，博雅對於萬事均才華卓越，管絃方面的才能更是技高一籌。

據說，他的琵琶琴技玄妙，笛聲絕倫。

①日本古代的宮廷音樂。

②藤原時平，西元八七一～九〇九年，平安時代初期的公卿，正二品，左大臣（左相國）。

③紫式部，生於西元九七八年（？），日本平安時代的宮廷女官、女歌人，著有《源氏物語》。

④清少納言，生於西元九六六年（？），日本平安時代的宮廷女官，著有《枕草子》。

⑤五品以上的貴族或六品以上的官員才能獲允進殿。

這時期，時代已然遭遇兩名龐大惡鬼。

一是東北地方的蝦夷族長阿弖流爲，這名惡鬼由征夷大將軍坂上田村麻呂殲滅了。

另一是關東惡鬼平將門。平將門所發動的變亂，也讓征夷大將軍藤原忠文所平定。

不受朝廷執掌的勢力通稱爲「夷狄」，朝廷視其爲惡鬼，逐一派兵殲滅。而每撲滅一惡鬼，京城便宛如在其內部深處包攬了更多的黑暗與惡鬼。

這座京城，是巨大的咒術空間，依據源自中國的陰陽五行說與風水力學所建築。

北方有玄武船岡山，東方有青龍賀茂川，南方有朱雀巨瓊池，西方有白虎山陽、山陰二道。這座京城正是根據四神相應的理念而建。東南西北四方配置了四聖獸，鬼門方位的東北方則配置了比叡山延曆寺。這種安排並非偶然。

說起來，這座京城本來就是第五十代桓武天皇爲了保身——深恐因涉嫌藤原種繼暗殺事件，而遭廢除皇太子地位的早良親王的冤魂作祟——才大費周章、施工興建而成。

因而桓武天皇只在長岡京住了十年便廢棄，另外動工建造平安京。

朝廷內部的權力鬥爭不絕，暗中施展蠱毒咒術更是家常便飯。
京城是個在其內部孕育深不可測的黑暗與惡鬼的咒詛溫室。
正因爲上述種種背景，通稱「陰陽師」、操控咒詛技術的人，才應運而生。

風雅與惡鬼在黑暗中時而發出青白燐光、時而又發出微弱的金色光芒，涇渭不分地融合在京城內。

在這黑暗中，人們屏氣斂息地與惡鬼、妖物共存在同一空間。

源博雅正是在這種風雅又妖邪的宮中呼吸著黑暗，並以文人或音樂家的身分度過那個時代。

現存有關源博雅的文獻史料相當多。

尤其是管絃——就是有關琵琶、古琴或笛的軼事很多。他不僅演奏琵琶與龍笛，實際上還自己作曲。源博雅所作的雅樂曲〈長慶子〉，正是日本傳統雅樂舞蹈會（舞樂會）中，必定會演奏的退場樂，現今也時常演奏。

〈長慶子〉似乎混合了南方調子，現代人聽來，依然是一首典雅又纖細的名曲。

博雅三品，管絃之仙也。

古籍《續教訓抄》上如是說。

《續教訓抄》中還記載，博雅出生時出現了吉兆。

話說，有位聖心上人住在東山。

這位聖心上人於某日聽到傳自上天、難以名狀的音樂。

那樂曲的編制是二笛、二笙、箏、琵琶與鼓。

這些樂器彈奏出玄妙的音色，聽起來簡直不像這凡世的音樂。

「眞是不可思議的喜事啊。」

上人步出草堂，順著樂音的方向漫步而去。

到了目的地，上人發現樂音是從一棟某貴人的宅邸傳出，而那宅邸內正好將有嬰兒呱呱墮地。

不久，嬰兒出生了，樂聲也隨之停止……

這時出生的嬰兒正是源博雅。

不管這軼聞是事實或是後人的創作，總之，既然會留下如此佳話，足以証明源博雅這男人確實具有超群拔類的音樂才能吧。

與生俱來的音樂才能，也曾幾次拯救源博雅的性命。

根據《續教訓抄》中記載，第五十九代天皇皇子式部卿宮——也就是敦實親王，對源博雅仇隙在心。

簡單說來，敦實親王對源博雅私懷怨恨。

爲什麼怨恨源博雅？《續教訓抄》中沒記載理由。

附帶說一下，所謂親王，指的是天皇的兄弟姐妹與子女，女性則稱爲內親王，是依憑隋唐制度所訂。

源博雅與敦實親王都是承繼了皇室血統的親族，或許他們之間曾經發生糾紛。雖可以想像出種種理由，不過，無論在當時與現今，眞正的理由都成爲隱沒在黑暗中的典故了。

說不定原因與兩人均擅長的音樂有關。

總而言之，這位式部卿宮曾經命令「剛勇之徒等數十人」，企圖謀殺源博雅。

於是，數十名刺客於某夜帶著長刀出門，準備去襲擊源博雅。源博雅這當事人自然一無所知。

根據《續教訓抄》記載，時刻已過午夜，博雅卻還未就寢，且將寢殿西方的「格子板門打開了二公尺寬」。也就是說，寢殿門戶大開，博雅正眺望著掛在西方山頭上的殘月。

「月色眞美……」

陶醉在月光下的博雅，當時大概如此自言自語了一句。

一般說來，若有人對自己懷恨在心，通常會不自覺地察覺此事。

既然古籍上寫明是「仇隙」，這樁暗殺陰謀便不可能起因於與博雅自身完全無關的政治理由。況且對方狠下心派出數十名刺客，可見怨恨之深。

而在將近黎明前的深夜，博雅竟還打開二公尺寬的格子門，獨自在月光下眺望月色。由此可見，博雅毫未察覺自己竟在無意中招人怨恨。

對於人與人之間那種糾纏不清的人際關係，博雅應該一竅不通。

然而，若因爲如此，便將博雅視爲「嬌生慣養的少爺」，就未免過於乏味。

反之，博雅這個人物，在宮中應該過著比一般人更艱辛的生活才對。只不過對博雅來說，所有苦楚都不會與仇恨他人、或對他人懷有惡意之類的感情牽扯上關係吧。

或許這男人的體內蘊藏著令人無法置信、甚至可說是憨直的坦率心靈。這點也可說是源博雅這人所持有的滑稽特性。

我想，無論在多麼悲哀的時候，這男人大概都會痛痛快快、坦率且正經八百地去哀傷一番。

任何人的內心都可能偶爾存著惡意這種負面感情，但在源博雅這男人的內心，卻完全看不到這種感情，算是個罕見的人。爲了創造這男人在這部小說中的個性，讀者應該可以原諒我將源博雅設定爲這種男人。

因此，源博雅一定做夢也沒想到他人竟對自己懷有負面感情，而且恨到甚至要刺殺他的程度。說不定正是博雅這種個性令式部卿宮懷恨在心，不過，我們也不必猜想那麼多。

總之，當晚博雅正在觀賞月色。

臉頰上或許也簌簌掉落了兩行淚。

博雅從裡屋取出大篳篥，含在嘴裡。

篳篥是竹製管樂器，一種豎笛。

博雅所吹奏的篳篥音色，飄飄悠悠地蕩漾在夜氣中。

那是天下吹笛名手源博雅因心有所感而吹出的笛聲。

前來暗殺博雅的「剛勇之徒數十人」大吃一驚。

因爲他們來到博雅宅邸時，傳來的竟是清耳悅心的笛聲。而且，吹笛者正是刺殺的對象博雅。不但門戶大開，博雅自己還坐在寢室窄廊，沐浴著蒼白月光，吹著笛子。再仔細一看，臉頰上還掛著兩串淚。

> 剛勇之徒耳聞笛聲，不覺簌簌淚下。

《續教訓抄》如是記載。

也就是說，原本打算來暗殺博雅的眾人，聽了博雅所吹的笛聲後，竟情不自禁流下眼淚。

這樣一來，便沒人狠得下心暗殺博雅。

眾人無法向博雅下手，就那樣回到式部卿宮宅邸。博雅當然一無所知。

「爲什麼沒殺掉博雅？」式部卿宮責問那些男人。

「那不是我們下得了手的人物。」

聽了剛勇之徒的說明後，這回輪到式部卿宮也淚如泉湧。

結果……

同樣簌簌淚下，遂打消暗殺念頭。

如此，式部卿宮打消了想暗殺博雅的計畫。

另外，《古今著聞集》中亦記載著下述典故：

有盜賊潛入三品博雅家。

三品（意指博雅）藏身在地板下避難。盜賊歸去，片晌，（博雅）爬出地板檢視，發現家中已空無一物，全遭盜賊竊走。

唯櫥櫃留有一篳篥，三品取出篳篥吹奏，歸途中的盜賊遙遙聽聞笛聲，感愧交集，掉回頭來，向博雅說：

「方才聽聞閣下笛聲，深受感動，歹意盡喪。是以前來奉還全部盜竊物品。」

說畢，遺下所有贓物離去。往昔的盜賊，也有如此懇摯的人。

這故事是說，盜賊潛入博雅家中行竊，只留下一支笛子。本來躲在地板下的博雅出來後，吹了笛子。結果那盜賊聽到笛聲，深受感動，又折回將所有贓物都還給博雅。

博雅的笛子令他逃過一難，這又是一例。

而且，並非只有人才會呼應博雅的笛聲。連天地精靈與妖魔，有時甚至連缺乏意志與生命的東西，也會感應。

《江談抄》上便記載，每逢博雅吹笛，連宮中屋脊兩端的獸頭瓦都會掉落。

源博雅持有一支天下無雙的橫笛名器，其名「葉二」。

葉二爲著名橫笛。另號稱朱雀門鬼笛。

這是《江談抄》上的記載。

這支名爲葉二的橫笛，正是朱雀門的鬼魂送給源博雅的笛子。《十訓抄》上記載著這段軼事。

某明月之夜，三品博雅身著便服於朱雀門前終夜吹笛。當晚同樣有位身著便服的吹笛人，笛聲優美，絕世出塵。博雅暗忖，其人爲何許人也？挨近一看，是陌路人也。

博雅默無一言，彼亦悶不吭聲。

如此，每逢明月之夜，博雅必與該人相遇，相伴吹笛，共度幾番夜晚。

該人笛聲超群脫俗，博雅曾與其互換笛子試吹，果爲希世之珍。

其後，夜夜相逢，連續數月，回回吹笛，該人卻從未示意換回笛子，笛子便一直歸博雅所有。

三品博雅過世後，帝曾命當代吹笛名手試吹博雅之笛，卻無人可吹奏出同樣音色。

其後，有一吹笛名手，名曰淨藏。帝喚淨藏試吹，淨藏竟吹奏出不亞於博雅的音色。帝讚嘆之餘，囑咐道：

「此笛之主爲源博雅，據聞笛子得自朱雀門附近。淨藏，汝至該地試吹吧。」

淨藏奉命於某明月之夜，赴朱雀門吹笛。不料門樓上傳來洪亮的讚賞聲：「（此笛）乃絕品也！」

淨藏向帝呈報此事，眾人始得知該笛乃鬼笛。

以來便取名爲葉二，爲天下第一笛。

日後代代換主，成爲御堂入道大人藤原道長之物，道長之子賴通建造宇治殿平等院之際，將葉二一起納入經堂。

此笛有二葉。

一是紅葉，一是綠葉。據聞日日皆滴落朝露。賴通之子藤原師實公取出觀覽時，紅葉已落，朝露亦不再了。以上爲師實公之孫藤原忠實所述。

故事是說，源博雅和朱雀門門樓上的鬼魂，互相交換了彼此的笛子。

回顧這些古籍中有關源博雅的趣聞軼事時，筆者發現一件事。

那便是，博雅是個「無私」的人。

博雅來到這人世時，四周響起了美妙音樂，這件事本非博雅的意向。

刺客因笛聲而打消暗殺博雅計畫那件事，也非基於博雅的意圖。博雅吹笛的目的，本來就不爲阻止刺客的行動。

在盜賊偷竊了博雅家中物品，又因笛聲退還贓物的故事中，博雅也不是爲了想讓盜賊退還贓物而吹笛。

鬼魂將自己的笛子葉二，與博雅的笛子交換，更非博雅所設的計謀。無論任何場合，博雅都只是吹了笛子而已。

或許也可以這麼說，正如天地能感應博雅的笛聲，人與精靈或鬼魂也同樣能感應。

雖然博雅本身對自己笛聲所產生的感應力量，似乎毫無所知，但他那種特性確實令人醉心。誠如博雅好友安倍晴明偶爾會讚嘆：

「你眞是好漢子。」

筆者也認爲博雅是個好漢子。

哎，博雅這男人實在太可愛了。

在男人所具有的魅力中，加入類似博雅這種討人喜歡的可愛，應該也不爲過吧？

而筆者也可以在此先說，這男人討人喜歡的所有特質中，絕對有「老實」這點。

《今昔物語》中有兩則源博雅登場的故事。

一是〈源博雅朝臣訪會坂盲人〉。

另一是〈有鬼盜走玄象琵琶〉。

前者是描述博雅風雨無阻、到琵琶法師蟬丸住處學習琵琶祕曲的故事。這故事凸顯了博雅的純眞無邪，也可以說，正是這個故事奠定了本書中的博雅形象。

後者是描述妖魔鬼怪盜走了玄象琵琶，博雅再從妖魔鬼怪手中奪回琵琶的故事。博雅在此故事中的角色非常有趣。

有關這兩則故事的內容，筆者已在晴明與博雅活躍的小說中寫過了，在此便不多加詳述。

若要在此附記什麼，那就是博雅自己所記述的文章了。

源博雅曾經著作了幾卷如《長竹譜》等有關音樂的作品，也曾奉天皇之命編撰了《新撰樂譜》等等。

在這些著作的跋文中，博雅如此記述：

> 編撰《萬秋樂》時，自序開始直至帖六爲止，無不令人落淚。予發誓，世世生生，無論所在何處，將永遠生爲以箏彈奏《萬秋樂》之身。所有調子

中唯盤涉調最爲卓越，樂譜中唯《萬秋樂》最爲出色。

博雅的意思是以箏彈奏《萬秋樂》這首曲子時，直至帖六爲止，沒有人會不落淚的。

這段話看似一般論述，先姑且不管他人如何，但至少有如聽到博雅以實際的聲音說：

「反正我一定會掉眼淚。」

或許，每彈奏五次便有五次，每彈奏十次便有十次，每彈奏百次便有百次……只要是這男人彈奏的，必定都會落淚吧。

基於上述理由，筆者便孕育出「源博雅就是這種人物」的、可說是極其小說性的角色。

二

梅雨季似乎結束了。

直至數日前，每天都下著濛濛細雨，令人總覺得身上的衣服經常發潮。

昨晚開始，撥開的烏雲才漂流起來。

今晚更是在烏雲縫隙中露出驚人的清澄夜空。打開上部格子窗仰望，隱約可見雲縫中的皓月與夏季星斗。

清涼殿。

值更人員聚集在外廊——也就是窄廊附近的大廂房——談天說地。

值更人員原指在夜間值班的人，不過，在宮內清涼殿值勤的人因為官位都很高，也就沒什麼非做不可的工作。

於是他們只能點上燈火，聚集在一起，閒扯些白天不能公開啓口的雜言或宮中八卦。

某某人定期到某某女人家通情，生下了孩子；最近某某實在太囂張了，前些日子在皇上面前還發生了某某事；喔，對、對，正是那件事；還請務必保密，說起來那件事其實是這樣的……

總之，聊的都是些不著邊際的閒話。只是，這幾天值更人員的話題幾乎都集中在三條東堀川橋所發生的事件。

「結果到底怎樣了？今晚是不是又出現了……」某人問。

「大概又出現了吧。」另一人回答。

「不見得，本來就是有人經過時才會出現；如果沒人經過，恐怕不會出現吧？」

「可是，只要有人經過便一定會出現，這不就表示經常守在那兒嗎？」
「這倒不一定。有人去才會出現；沒人去就不會出現。你們想想看，如果沒人去，那妖物卻單獨一人佇立在橋頭上，不是很恐怖……」
「唔……」
「唔……」
三品與四品的多位達官貴人如此閒聊著。
「要不要叫誰再去看一下？」
「喔，這主意不錯。」
「叫誰去？」
「可不要找我。」
「這主意是你出的，你去如何？」
「我只是建議叫人去看看而已，既然你這樣說，就讓贊成的你去算了。」
「你想硬推給別人？」
「你才想硬推給別人。」
「我沒有，是你。」
就在大家有一句沒一句時，夜晚的庭院中飛來一隻螢火蟲。
源博雅在離大家稍遠的地方，漫不經心聽著值更人員閒聊，眼睛則觀覽著在黑暗庭院中輕飄飄飛舞的螢火蟲。

博雅並不嫌棄類似耳邊傳來的這種閒話。

他其實也可以加入其中，不過依目前聽到的內容，最後大概又有人被逼到三條堀川橋去。在這種時刻若加入閒談，結果一定是……

……去的人大概是我。博雅內心如此默想。

這種吃虧差事，老早以前便自然而然會落在自己頭上。

說起來，此刻令大家議論紛紛的，緣起於七天前的夜晚，有人偶然提起的話題。

地點正是這清涼殿。

謠言傳開於值更人員之間。

「喂，聽說會出現。」不知是誰首先提起。

「出現什麼？」也不知是誰如此回應，不過那已無關緊要了。

「就是三條堀川橋那事件。」最初開口的男人回道。

聽到這句話，藤原景直立刻接口：「喔，如果是三條堀川橋那妖物的風聲，我也聽說了。」

「什麼風聲？」源忠正問。

「是不是小野清麻呂大人遇見的那女人？」

橘友介一提到女人，在場的殿上人幾乎立刻成爲此話題的當事者。

「到底是什麼事？」

「我不知道。」

「我也聽說了。」

「那件事實在很奇怪。」

就這樣，値更人員接二連三打開了話匣子。

濛濛細雨無聲無息地下著，爲了防避潮濕夜氣，格子窗已放了下來。

橘友介一雙黑眸閃映著搖曳的燈火，開口道：

「你們聽我說吧……」開始講起下述的事情。

那是約三天前的事……

同樣是濛濛細雨的夜晚，小野清麻呂帶著兩名隨從，搭牛車到女人住處。

先暫且不管女人住在哪裡，總之，要到女人住處，途中必須自西往東渡過三條東堀川橋。

橋本身已腐朽不堪，據說只要一下大雨，很可能會給激流沖走。

因而預定在出梅後，立即派木匠去架新橋。

小野大人的牛車來到堀川橋。

河寬約十二公尺有餘。

河川上的橋長約十八公尺。

由於已經朽爛，橋木板有不少都脫落了，從橋上可以望見河面。

牛車渡橋時，橋面總會發出沉重的咕隆咕隆聲。

牛車快到橋面中途時，突然停止不動。

「什麼事？」

清麻呂問牛車外的隨從。

「橋上有個女人。」隨從回道。

「女人？」

清麻呂掀開公卿專用牛車⑥的簾子往前望去，發現東方橋頭上佇立著一團朦朧發白的東西。

借助牛車前隨從手中高舉的火把亮光，清麻呂大人定睛仔細一看，果然是個女人。

那女人身上穿著貴族禮服上衣與褲裙，全身上下都是清一色的白。紅色火焰映照在白色衣服上，使得那女人看似也在搖晃。

那女人爲什麼獨自佇立在這種地點……

仔細觀察，那女人年約三十上下，一頭烏黑頭髮，肌膚白皙。

⑥日文為「網代車」。牛車的一種，車頂為屋形，以竹編成，飾有花紋。

難道是妖魔之類……

女人凝視著清麻呂，微啓薄脣：

「因爲橋已經腐朽，每逢車輪輾過木板脫落的地方，總會發出刺耳的聲音。請大人棄牛車，徒步通過。」

「要我徒步？」

「是。」

白色裝束的女人在類似霧氣的濛濛細雨中頷首回道。

左看右看，那女人看起來都只是個普通女人，除了在深更半夜獨自佇立在這種場所以外，怎麼看都看不出有任何可疑的地方。

清麻呂本來因膽怯而畏縮的心緒，稍微穩定下來，便強硬說道：

「那怎麼可以？」

佳人正等著清麻呂。

對清麻呂而言，約好要去而不去的話，事後佳人的反應比眼前這女人更可怕。

「如果硬要通過，我有一個請求……」

「什麼請求？」

「聽說出梅後會立即拆毀這堀川橋，重建新橋……」

「哦，的確如此……」

「我的請求正與此事有關……」

「咦？到底是什麼事？」

「即便出梅後，也請你們不要立刻拆毀這座橋。能不能麻煩大人向皇上進奏，請皇上大約延遲七天再拆橋……」

「爲什麼？」

「因爲有難言之隱，請不要詢問理由。」

「什麼？」

女人要求向皇上進奏，延遲架新橋的日期，而且理由無可奉告。

恕臣不揣冒昧，這是受託於某個女人——總不能如此向皇上說明，再請求皇上延後架橋開工的時間吧。

「不行，不行……」

清麻呂當下回絕，再向隨從打了個眼色。

「別理她，走吧。」

咕咚！

車輪還未轉完一圈，女人便伸出右手、摸進懷裡，說：

「既然如此，就別怪我了……」

女人掏出右手時，手掌上跳動著無數紅色的東西。

是蛇？

那些跳動的東西都是紅色小蛇。

沙！

女人撒出右掌上的小蛇。

小蛇一落到橋上，橋上頓時全爬滿了紅色小蛇，只見牠們立即各自抬起蛇首……起初看似如此。

然而，事實卻非如此。

看似紅色小蛇的東西，嗶剝嗶剝地蠕動著身子往上攀升，原來是火焰。火焰吞沒了橋面，逐漸往清麻呂的牛車燒過來。

「哎呀！」清麻呂大叫，又命令隨從：「快回頭！快回頭！」

隨從手忙腳亂地在橋中央將牛車掉轉過頭，好不容易才逃回原路的西岸。

從西岸回頭一看，出乎意料的是——

原應熊熊燃燒的火焰已不見蹤影，橋依舊保持原狀，那女人也消失了。在隨從手中火把照映之下，濛濛細雨中隱約只見到一座破舊的橋。

「聽說清麻呂大人在牛車內渾身顫抖。」橘友介說。

「我聽說，結果清麻呂大人那晚打消了去女人住處的念頭，逃回自己宅邸，整夜一直唸經直至清晨……」接話的是藤原景直。

「眞是太不中用了。」

「大概是做了白日夢吧。」

「可能不是作夢，而是遇到妖物那類吧。不過光這樣就逃之夭夭，未免太……」

「也許是被老狐仙攝魂了。」

「太沒出息了。」

大家眾口紛紜交換意見。

「我向來就不相信什麼鬼魂妖物的，那是當事者內心的迷惘與不安、恐懼感情等，令他們看到那類玩意兒。事實上，橋並未燃燒吧……」源忠正加強語氣說道。

「那這樣好了，今晚叫人到堀川橋去看看如何？」某人建議。

「喔，這主意不錯。」

說是值班守夜，其實也無事可做。反正夜裡大家都閒得發慌，自然而然便導出這種結論。

可是，到底要叫誰去？

叫人到堀川橋去探個究竟，這主意的確很有趣，卻無人自告奮勇。

然後，有人開口提議：「源忠正大人如何？」

「嗯，好主意。既然忠正大人向來不相信狐仙妖怪那類的，就去一趟看看怎樣……」

「這主意太好了！」

大家不約而同地贊成。

除了依慣例讓每天或每月的例行公事順利進行以外，這些人本來就時時構想著能打發時間的遊戲。

在這種類似沙龍的聚會中，被點到名的人當然無法臨陣脫逃，何況是這麼熱烈的話題。

要是臨陣脫逃，不但讓人傳為不解風情，也會在皇宮這個沙龍內受到他人冷落。

對宮廷人來說，再沒有比受宮廷眾人漠視更令人悲哀的了。

若是想逃避，也要臨機應變地想出令大家驚嘆不絕的理由，再信口吟詠一、二首適時的和歌，巧妙迴避不可。

源忠正並非具有如此幹練之才的人。

他本來想躲開眾人的矛頭，卻躲不掉，只好回應：「去就去。」

事情就這樣決定了。
源忠正搭牛車從皇宮出發。
除了公卿專用牛車外，另有三名隨從。
隨從腰上都帶著長刀，忠正自己也帶著長刀。
這晚，依然是濛濛細雨。
每當牛車前進一步，車軸便發出嘎吱聲響。
嘎吱。
嘎吱。
穿過朱雀門出了皇宮，再一直線順著朱雀大路來到三條大路，往左轉。
順著三條大路往東前進，不久，便會來到與堀川同方向的堀川小路。馬路寬約三十六公尺有餘，其中三分之一寬是河川。
前進了一會兒，忠正自牛車內向隨從問道：「喂，沒事嗎？」
「是。」隨從答道。
又過了一會兒，忠正再度開口：「喂，沒什麼障礙嗎？」
「沒有。」
「沒有就好，有的話就麻煩了……」
忠正的聲音顫抖，看來是想逞強卻又沒本事。

不久，牛車來到三條大路，左轉。牛車嘎吱嘎吱往前行走，終於來到堀川小路。

隨從暫且停住牛車，向忠正問道：「大人，還要繼續前進嗎？」

忠正掀起上簾往前方探了一下，煙雨霏霏中，隱約可見類似橋頭的影子。

「去、去吧。」忠正吩咐。

嘎吱。

「真要繼續前進嗎？」隨從感覺出忠正的恐懼。

「繼、繼續前進吧。」

牛車車軸再度發出響聲，開始轉動。

「快要抵達堀川橋了……」

聽到隨從的報告，忠正只是咬緊牙根：「唔，唔。」

像是呻吟般點點頭而已。

車輪軋在泥土上的聲音，逐漸轉變爲軋在木板上的咕咚聲。

忠正嚇得簡直魂不附體。

他在牛車內緊閉著雙眼，口中已喃喃唸起經來。

牙根則緊緊咬著。

要是不咬緊，牙齒和牙齒碰撞的聲音，恐怕會傳到牛車外。

忠正的耳邊突然傳來隨從的叫聲。

「出、出現了！」

「什、什麼！」

牛車停止不動。

忠正的臉龐頓時失去血色。

「是、是女人。」

「咿呀！」忠正發出抽搐叫聲，大喊：「回頭！快回頭！把牛車掉轉頭！」

忠正連一眼都沒瞟，牛車就在橋上掉轉方向，折回原路了。

忠正面無人色地回到宮內。由於什麼都沒看到，當人家問他：「結果怎樣？」

「有個女人站在橋上。」忠正只能如此回答。

「發生了什麼事？」

「就是有個女人站在橋上。」

「你看到了？」

「唔，唔。」

「結果到底怎樣了？」

忠正答不出話來。

後來有人去問同行的隨從，眾人才從隨從口中得知，眞正看到彼方橋頭上站著一個朦朧女人身影的，是隨從，忠正只是聽了隨從的報告而已，一次也沒望向牛車外，牛車就又折回來了。

「忠正大人是外強中乾。」於是宮中便流傳著如此風聲。

第二位到三條東堀川橋的人，是一名爲梅津春信的武士。

也是在眾人値班守夜的某個夜晚，藤原景直帶來了這位梅津春信。

宮中許多人都聽聞這位武士的名字。

前些日子裡，他單獨擊退了驚動京城的三名盜賊。

前些日子，宮中接到密告，說那三名盜賊將闖進一家油商行竊。春信於事前佯裝成油商夥計，潛入油商守株待兔。待盜賊闖入時，不但斬馘了兩名盜賊，又捕獲了一名盜賊。

那三名盜賊每次犯案時，必定姦淫該家婦女。凡是看到他們長相的，一律殺人滅口。

三名盜賊與兩名手下因分贓而翻臉，殺了其中一名手下。另一名手下好不容易才虎口逃生，奔逃到衙門密告了盜賊的計畫。

盜賊潛入油商時，只見春信站在黑暗中喝道：

「喂，你們是盜賊嗎？」

盜賊之一無言地拔出腰上長刀。

大喝一聲，盜賊舉起長刀向春信砍去。

春信避開長刀，順勢往前跨出一步，用手中長刀深深刺入盜賊脖子。

另一個男人砍過來時，春信拔出男人脖子上的長刀，將盜賊的刀反彈回去，接著揮下長刀，從男人左肩一口氣砍下。

最後一名盜賊見狀，正想逃離現場時，春信在那男人背後喝道：

「別逃！逃了就沒命。」

那男人聽畢，拋開手上長刀，當場跪地向春信求饒。

在外面守候的衙門官員進來時，三名盜賊中有兩名已斃命，另一名盜賊則雙手反剪，並綁上繩子。

這事件發生於春季。

春信是力大無雙的武士。

據說，他能用手指抓住馬蹄，徒手剝開。某天，皇上爲了測試他的力量，刻意將三套浸水的狩衣疊在一起，再命春信擰乾，沒想到春信竟輕而易舉便將三套狩衣擰斷了。

「大家覺得如何？我想讓春信到那橋上瞧瞧……」

帶春信來宮中的藤原景直建議。

「喔，這很有趣。」

「讓春信去和橋上女人交鋒吧。」

結果，便換成春信去探究竟了。

景直問春信要不要帶隨從。

「不，一人就夠了……」春信回道，步出宮廷。

春信單獨一人徒步前往目的地。

「不愧是春信大人！」

「那正是所謂的武士氣質。」

值更人員雖異口同聲讚揚春信，春信卻遲遲不歸。

一個時辰過了……

兩個時辰過了……

時間逐漸消逝，終於等到清晨。

天邊開始發白的黎明時刻，三、四名隨從來到堀川橋一看，才發現春信仰躺在東方橋頭附近，昏迷不醒。

隨從將春信抬回宮中，春信這才甦醒過來。根據他的描述……

步出宮廷時，正下著濛濛細雨。來到橋頭時，雨停了，變成霧氣。

春信隻手舉著熊熊燃燒的火把，腰上佩帶著斬馘兩名盜賊的那把長刀。

春信踏著木板，一步一步走到橋中央。

渡過橋後，春信發現東方橋頭果然佇立著一位身穿禮服上衣的女人。

春信繼續前進。

「春信大人。」女人以低沉聲音喚住春信。

春信停止腳步。

那是從未見過面的女人。

鵝蛋臉，膚色白得簡直不是這世上的人。

肌膚透明得幾乎可以望見彼方。

那女人宛如由瀰漫四周的霧氣凝結而成。

爲什麼那女人知道自己的名字？

看來一定是妖物沒錯。

「妳爲什麼知道我的名字？」

「春信大人的英勇，京城中無人不知……」

「就算妳知道我的名字，又如何得知我的長相……」

呵呵。女人抿著薄脣笑道：

「春信大人，您曾經過這橋好幾次，所以我當然也看過您好幾次呀。」

女人說得不錯，至今爲止，春信的確經過這橋無數次。

話雖如此，經過這橋的應該不只春信一人。住在京城的大多數人都經過這橋。

正當春信想開口問時，女人先一步回應：

「有件事想請求春信大人拔刀相助，不知大人能否接受？」

「說說看。」

「是。」

女人行了個禮，右手從懷中取出一樣東西。

仔細一看，女人右手掌中有一粒白色小石子。

「到底是什麼事？」

「煩請大人務必幫我拿住這石子……」

「幫妳拿住這石子？」

「是。」

「光是拿住就行嗎？」

「是。」

春信不由自主地伸出左手，接過女人遞來的那粒類似小石子的圓形白色東西。

外形看似小石子，重量卻與超過手掌大的大石塊一樣。

春信雖然右手舉著火把，但接過石子後，竟情不自禁想添上右手去支撐石子的重量。

「唔！」

拿在手掌上，那石子在掌中彷彿會逐漸增加重量。不僅如此，隨著重量增加，那白色小石子也在手掌中逐漸增大，而形狀愈大，石子愈重。

「什麼？」春信叫出聲。

原來那小石子具有熱度，而且像脈搏跳動一般，反覆著膨脹又縮小的動作。膨脹時鼓得很大，但縮小時只比膨脹狀態小一點而已……不會縮成原來的大小。

如此反覆著膨脹又縮小的動作，那石子逐漸成長爲大石塊。

形狀增大後，重量也隨之加重；重量加重後，形狀更會隨之增大。

這簡直是……

春信在內心暗忖：好像是活生生的石子。

最後，石子成長得又大又重，已無法隻手拿住了。

「請用雙手捧著吧。」

女人說畢，從春信右手取走了火把。
「唔！」
春信用雙手捧著石子。
那石子的大小已經和成人的頭顱差不多，重量也宛如一塊大岩石。
讓普通人來抱的話，大概五個人也抱不起來。
「您怎麼了？是不是捧不住了？」
「不，還可以……」
春信的額頭已噴出大粒汗珠，汗珠沿著臉頰流進粗脖子，再從衣領鑽進胸部。
「哎，您流了這麼多汗……」
「無礙。」
「這石子還會繼續加重，您真抱得住嗎？」
「這點重量不算什麼。」春信已滿臉通紅。
此時，白色小石子已變成必須用雙手環抱的大岩石了。
如果春信是站在泥地上，石子的重量很可能令他的雙腳撲哧撲哧地埋進泥中，深至腳踝。
咯吱！

咯吱！

春信腳底下的橋板開始發出不堪重量的聲響。

春信使勁地咬緊牙根。

脖子浮出粗大血管，緊緊咬住的牙根幾乎快折斷了。

「請再忍耐吧，春信大人……」

「唔！」春信閉上雙眼呻吟著。

這時……

春信雙手環抱的東西，突然變成柔軟的東西。

柔軟且溫暖的東西。

春信大吃一驚，睜開雙眼，發現本以爲抱住的白色石子，竟變成一個雪白的裸體嬰兒。

嬰兒張開眼睛，又張開嘴巴，伸出細長的血紅舌頭。

「哇！」

春信大叫一聲，拋出手中的嬰兒，並拔出腰上的長刀。

「呀！」春信舉起長刀砍向女人。

手掌沒有砍到東西的觸感。

噹啷！

刀尖削掉了橋上的欄杆。

女人和嬰兒的身影如煙霧般消失了。

方才在女人手中的火把，轉著圈子飄舞在黑暗半空，最後落在橋下黑漆的堀川流水中，火焰熄滅了。

四周頓時黑漆一團，春信也昏厥倒地，仰躺在橋上……

這似乎是事情的來龍去脈。

發生在三天前。

三

博雅觀望著螢火蟲，四周眾人仍繼續討論著同樣話題。

藤原景直和橘友介是話題中心人物。

「你們不想知道橋上那女人的真正身分嗎？」

「不過，大概沒人肯再去了。」橘友介說。

「連梅津春信那般的豪傑都似乎中了妖物的毒瘴。不是聽說在家臥病了兩天嗎？」藤原景直又說。

「這事大概早已傳進皇上耳裡了。」

「這種事本來就不是我們的工作，應該是僧侶或陰陽師的分內事呀。」

「既然如此，那應該請土御門那位安倍晴明大人跑一趟才合理吧？」

「晴明大人的話，聽說源博雅大人和他交情很好。」

「哦，是博雅大人嗎？」

「正是博雅大人。」

「博雅大人。」

「博雅大人。」

以藤原景直和橘友介爲首，一群男人紛紛呼喚博雅。

事情到了這種地步，再也無法充耳不聞了。

博雅從螢火蟲身上拉回視線，回道：

「什麼事？」

「原來你在那兒？太好了。到這兒來加入我們的話題吧。」

橘友介笑容滿面地望著博雅。

「喔，正好，來呀，來呀，過來呀……」

「是。」

博雅摸摸頭，不由自主地站起身來。

四

博雅走在路上。

是夜路。

腰上佩帶著長刀。

烏雲大大地裂開了，破碎雲朵在上空浮游，雲間露出夜空。與其說可以在雲間望見夜空，不如說是零碎的雲朵在夜空下流動。

博雅單獨一人走在路上。他內心暗忖：爲什麼是我？

又暗中思量：爲什麼是單獨一人？

如果非要說到底是什麼地方錯了不可，也只能怪自己錯了。說到底，當時大家呼喚自己、自己站起身那瞬間，正是錯誤的開端。

雖然是身不由己的演變，可是，無法拒絕他人的懇求，確實也是自己的個性使然。

當大家懇求博雅告知晴明這件事，博雅無法一口答應。

那女人根本沒殺害任何人。

是大家自願到那橋上去的。

而且明明可以不去，大家卻刻意跑去湊熱鬧，才會撞見那女人。

如果不願意撞見那女人，不去便可以了；就算是有非渡河不可的事情，也可以利用其他橋。

棄之不理的話，什麼事都不會發生。

總不能爲了這種事特意去勞煩晴明跑一趟。

「唔……唔……」

博雅只能支支吾吾，搪塞了事。結果，不知是誰竟然建議：

「對了，這樣好了，先請博雅大人到那橋上一趟，親眼看過那女人後再下判斷也不遲，最後再決定要不要勞煩晴明大人出面解決……」

「妙策！」

「聽說博雅大人曾與晴明大人一起到羅城門，從妖魔手中奪回那把失竊的琵琶玄象。」

「是呀。先請博雅大人跑一趟，看看狀況再說吧。至於要不要勞煩晴明大人解決，就讓博雅大人自己下判斷算了。」

「有道理。」

「博雅大人，萬事就拜託你了。」

藤原景直和橘友介同時向博雅俯首懇託。

結果，不知不覺中，眾人之間竟形成了一股讓博雅跑一趟的共識。

源博雅這男人的個性，似乎無法抗拒這種眾口同聲的氛圍。
總覺得好像上了大家的圈套。博雅內心如此想。
可是，到底上了誰的圈套，博雅自己也不太清楚。
大概是當時那場面的氛圍令自己上當了。
所謂場面的氛圍，似乎比妖魔鬼怪之類的更要難以收拾。
「要不要帶隨從？」有人問。
「不，我一個人去。」
博雅很後悔當時不加思索地如此回答。
然而，已經脫口說要去，便不得不去了。
這是擺明在眼前的事實。
有些悲哀，也有些懊惱，而且，很害怕。
大氣極爲清爽，瀰漫吸足了水份的樹木與草叢的味道。
夜空一放晴，這些混合在大氣中的水氣與豐饒的植物香氣，反而令人感覺神清氣朗。
月亮也出來了。
是既大又皎潔的皓月。
太美了……

博雅想起懷中的笛子，伸手自懷中取出葉二，湊近唇邊。

就這樣邊走邊吹起笛子來。

優美的笛子音色宛如香氣芬馥的隱形花瓣，逐漸融入風中，溜滑在潮濕的大氣裡。

博雅吹的曲子，是自大唐傳來的祕曲〈青山〉。

和著笛聲節奏，博雅閒情逸致地繼續前進。

不知何時，博雅已沉醉於自己吹奏的葉二笛聲中，忘卻了所有恐懼、悲哀與懊惱。

與透明大氣同化了一般，博雅在風中往前行走。

不知不覺中已來到堀川橋前，但博雅依然繼續往前走去。

夜空益發轉晴而透明起來，博雅沐浴著靜謐無聲、自天而降的月光，走在橋上。

嗯？博雅回過神來。奇怪？怎麼還在橋上？

方才不是渡過整座橋了嗎？

爲什麼現在還在橋上？

博雅疑惑萬千地繼續前進。

從橋西岸走到橋中央，再走向前方的東岸……

沒有任何人佇立在東岸橋頭上。

博雅暗忖，大概是自己心神恍惚沒注意到，於是繼續走到東岸橋頭……

來到東岸橋頭後，博雅發現自己其實是站在西岸橋頭。

停止吹笛，博雅呆立在原地。

這回不再邊走邊吹笛了，步步留心地往前走。

位於橋彼端的國子監建築與所有樹梢，因皎皎月光顯得更加黑漆一團。

探頭往橋下看，只見月光在水量充沛的河面閃閃發光，流水發出潺潺響聲，往前奔流。

東岸橋頭依然不見任何人影。

博雅繼續前進。

來到東岸橋頭，剛跨出一步，博雅便已經又回到西岸橋頭，面對著東岸，眺望著與方才一模一樣的景色。

反覆了好幾次，結果都一樣。

看樣子，這橋似乎在某種奇妙的結界中。類似晴明鋪設的那種結界。

「氣人……」博雅叫道。

難道是讓狐仙之類的妖物給捉弄了？

反之，若是從東岸往回走，走到盡頭時又會回到東岸。

結果，博雅只能在橋上東來西去，哪一邊都無法抵達。

明明眼前便是對岸風景，月光也明晃晃照在那風景上，自己卻無法跨進那風景中。

博雅張開雙腿佇立在橋上，抱著胳膊左思右想起來。

「這該怎麼辦……」

再度間隔著時間反覆了幾次，結果還是一樣。

怎麼辦……

靈機一動，博雅從橋上俯瞰著河面和河灘。

既然無法直行，乾脆橫行……換句話說，從橋上跳下去的話，應該可以脫離這橋的結界吧。

萬一行不通，至多再回到橋上來而已。

反正橋下並非全是河水。

只要稍微偏西或偏東，底下便是沒有水流的河灘。

就從這兒跳下去吧。

高度約三公尺半……

這並非無法跳下的高度。

「好吧！」

博雅下定決心，將葉二收進懷裡，雙手撐在偏西的欄杆上。
調整了幾次呼吸，博雅大喝一聲，跳越欄杆，讓身子飛舞在半空。

五

沒有任何衝擊。
跳越欄杆那瞬間，感覺身子輕飄飄地浮在半空，回過神來時，博雅發現已站在這兒。
這兒不是有草有石子的河灘，也不是原來的橋上。
雖然看似已經自橋上脫逃，可是，博雅不知道自己身在何處。
腳下好像是土壤。
沒有草叢。
只是普通的土壤。
上空沒有月亮，但還能看清周圍的景色。
眼前有一棟大宅邸。
雖然看得出這宅邸相當大，但宅邸的建築樣式卻很陌生。
這難道是大唐樣式的建築？

四周環繞著高大圍牆。

宅邸屋頂是青色屋瓦。

冷不防——

宅邸內出現了一個女人。那女人身上穿著禮服外衣。

……難道是那女人？

就在博雅私下猜想時，女人滑行般一溜煙挨過來，站在博雅面前。

「等候多時了，博雅大人……」女人俯首致意。

「等候多時了？妳是說，妳早就知道我會來這兒嗎？」

「是。那橋鋪設了結界，除非具有相當的法力，否則一般人無法自那座橋脫身。」

「如果不能脫身，便會從橋上跳下？」

「是。」

「爲什麼……」

「是大人這樣吩咐我……」

「吩咐？是誰？誰這樣吩咐妳的……」

「在橋上鋪設結界的大人。」

「什麼？」

「請先往這邊走，博雅大人。」

女人彎下腰，催促博雅前行。

博雅聽從女人勸誘，跟在女人身後。

跨進圍牆，再繼續往裡走。

進入宅邸後，女人帶領博雅來到一間寬敞房間。

那是間昏暗、黑沉沉的房間。

有個男人坐在房內。

那男人身上穿著白色狩衣，盤腿而坐，臉上掛著爽朗笑容，望著博雅。

「晴明！」博雅叫出聲，「你怎麼在這兒……」

「你先坐吧，博雅。」晴明的聲調跟平常一樣，「酒也準備好了。」

一看之下，晴明的面前擱著酒瓶和酒杯。

「到底怎麼回事？我完全摸不著頭腦。」博雅邊說邊在晴明面前坐下。

穿禮服外衣的女人拿起酒瓶，爲博雅倒酒。

博雅手中舉著盛滿酒的酒杯，和晴明相對。

「先喝吧。」晴明說。

「唔，嗯。」博雅很不服氣。

雖不服氣，但看到晴明還是鬆了一口氣。

「喝吧。」

「唔。」

「唔。」

博雅與晴明同時飲盡杯中酒。

一股難以名狀的香味及醇和甘甜，從喉嚨流進胃臟。

擱下酒杯，穿禮服外衣的女人立即又在酒杯中倒滿了酒。

再度喝光酒杯中的酒。

博雅總算平心靜氣下來。

「晴明，快說吧，到底發生了什麼事……」

「就是那個呀。」晴明瞄了一眼裡屋。

裡屋角落從天花板垂下簾子，仔細觀察，可以聽到簾子後正傳出低沉的嗚嗚呻吟。聽起來像是女人的聲音。

「那是什麼？」

「似乎快生了。」晴明回道。

「什麼？」

「這宅邸的女主人，今晚要生孩子了。」

「孩子？」

「不錯。」

「等等、等等，晴明，你突然這樣說，我根本聽不懂。你先回答我的問題算了。首先，你爲什麼會在這兒？先回答這個吧。」

「受人之託嘛。」

「受人之託？受誰的託？」

「小野清麻呂大人。」

「什麼？」

「昨天中午，清麻呂大人到我家來，拜託我解決這回的事件。」

「爲什麼？」

「大概是怕那天晚上預定幽會的女人吃醋吧。那女人似乎以爲清麻呂大人撒謊，認爲清麻呂大概移情別戀了，才不到她家……」

「原來如此……」

「所以他請我出面，幫忙解決這件事……」

「可是……」

「可是什麼？」

「你怎麼事前就知道我會來這裡？」

「當然知道。」

「爲什麼知道？」

「是我設計讓你來的呀。」

「什麼？」

「昨晚，我派了式神到藤原景直和橘友介宅邸，讓式神在他們耳邊喃喃唸著你的名字。暗示他們，如果想再指定別人到橋上，就讓博雅去。」

「唔……」

「在橋上鋪設結界的也是我。我猜想，如果你過不了橋，最後應該會跳下橋到這兒來。如果你不來，本來想到橋上接你，結果你自己來了。」

「我還是聽不懂。」

「就是說，那邊那位女主人，將要產下百年一度的孩子。所以只要夜晚有人駕牛車咕咚咕咚地想過橋，奶娘便會出現在橋上，叫過橋的人安靜一點。湊巧她們住在橋下，如果這橋被拆了，女主人便無法平安生下健康孩子。也因此，奶娘才會拜託過橋的人向皇上進奏，請皇上延遲架橋的期日。」

「……」

「梅津春信大人有點可憐。春信大人來到橋上時，正好碰上難產時分，只好讓他幫忙支撐一陣子。多虧他幫忙，今晚應該可以平安生下孩子。」

「嗯？」博雅還是聽不懂。

「清麻呂大人回去後，我來到這橋上，往下探看了一下，馬上知道這兒有宅邸。便過來探訪，順便詢問詳情，才知道是女主人快要生產了。」

「可是，你爲什麼刻意叫我來這兒？」

「我需要一位見證人，讓他理解這兒到底發生了什麼事，事後再向宮中的人淺顯說明事由。」

「那個人是我？」

「對，是你。」

「爲什麼你不自己說明？」

「太麻煩了。」晴明坦率回道。

「唔……」博雅現出複雜的臉色。

「話說回來，你的笛聲具有不可思議的力量。」

「是嗎？」

「女主人本來仍是難產，令我有點不安。不過剛剛傳來你的笛聲後，女主人的狀況好多了。」

「沒想到……」

「你的笛聲減輕了女主人生產時的痛苦。本來我還擔憂，萬一我無法應付這難產，不知該怎麼辦。還好你來了。」

「……」

「博雅，快，再繼續下去。」

「嗯？」

「再繼續吹笛吧。」晴明說。

「我也想拜託博雅大人吹笛。」

女人剛俯首託付，簾子內的呻吟聲突然變得很痛苦。

「博雅，快，這時刻你的笛聲比我的咒語有用多了。」

「喔，好。」

經晴明催促，博雅從懷中取出葉二，含在嘴裡。

笛聲響起。然後……

痛苦的呻吟停止了，變成有點急促的呼吸聲。

「有效果了，博雅。」晴明說。

博雅持續吹著葉二，女主人的呼吸看似也逐漸平穩。

不久……

「哎呀……」簾子內首次傳出女主人的叫聲。

冷不防，簾子內飄出一股濃厚的鮮血味道。

「生下了！」奶娘發出歡欣叫聲。
「喔，太好了。」晴明說。
「來，來，慶祝一下吧。博雅大人您就再多喝點，這都多虧您的笛聲呢。」
博雅和晴明同時乾下女人倒的酒，接二連三飲盡。
喝著喝著，不知是不是有些醉意了，周圍的風景逐漸朦朧起來。萬物的分界開始含糊不清。
不知何時，簾子和女人都不見了。
「天快亮了。」晴明說畢，站起身來。「博雅，擱下酒杯站起來吧。」
「唔，嗯。」博雅順從地站起來。
「閉上眼睛。」晴明說。
博雅如墮五里霧中地閉上眼。
「注意，千萬要按照我說的走。」
「好。」
「往前走三步。」
博雅順從地往前跨出三步。
「往右走五步。」

往右走了五步。

「再往右走十步。」

往右走了十步。

「這回是往左走九步。」

「往右走兩步。」

如此，也不知走了多久。然後晴明的聲音響起：

「可以了。睜開眼睛吧。」

博雅睜開眼睛，發現自己和晴明並立在原來的橋上。

東方上空正開始發白，雲朵在上空飄動。

天上依稀可見幾顆星子……

「晴明啊，我們回來了？」

「唔。」

「剛剛那個到底是什麼東西？」

「那是大約在一百年前，從大唐來到這倭國的白蛇蛟龍。」晴明回道，「你不但當了生產現場的見證人，而且還用笛聲拯救了她。這不是人人都辦得到的。」

博雅臉上浮出看似高興、又看似還無法理解來龍去脈的表情。

夏天的風，從東方吹了過來。

「唷！」博雅叫出聲，接著說：「晴明啊，這風眞舒服。」

「嗯，這風眞舒服。」

「唔。」

博雅點點頭，仰望著上空。

六

八月，三條東堀川上重新架了一座新橋，橋桁下出現兩條美麗的大白蛇和一條小白蛇，順著堀川往下流去。

據說，有三、四名木匠看見了此幕光景。

後記

一

這是我喜歡的晴明與博雅的第二卷故事。

第一卷上市以來、直至第二卷之間，大約已過了七年。離寫完第一篇故事，則大約經過了十年。這期間，我並非完全忘了這故事，每天都在腦中思考著改天應該再動筆寫第二篇故事。

如福爾摩斯與華生的故事那般，這故事也頗受歡迎，我收到各式各樣的來信，有人自稱博雅迷，也有人說是晴明迷。而且不知何時開始，以這兩位人物為主角的漫畫也逐漸出現，我也曾暗地欣喜這故事可以適度地給漫畫界帶來影響。

第一卷和第二卷之間，發生了一件事。

那就是岡野玲子小姐根據小說《陰陽師》而畫了漫畫。漫畫版第一集已上市，待這本書擺在書店時，漫畫版第三集大概也已上市了。

岡野小姐對陰陽道或妖魔、靈怪之類的看法與態度，恰好與這部作品氣味相投，所以漫畫版的內容非常有趣。

岡野小姐比我更認眞，搜集了平安時代各種有趣的知識，再轉告我。

有關平安時代，如果碰到我不懂、或微不足道的問題，去問岡野小姐時，她總是會罵我：「這種問題是常識，常識。」

本來想延後一段日子再繼續寫這故事，沒想到岡野小姐的速度非常快，眨眼間幾乎快趕上小說的進度。於是，兩年前開始，只要有短文邀稿，我便在各種雜誌上寫這故事的續篇，如今總算累積成可以集結為一本書的分量。

說來說去，還是很愉快。寫得愈多，構思也會增多，例如博雅的悲戀故事，或博雅的和歌競賽故事等等，已經累積了種種題材。

二

老實說，我正在廣島寫這篇後記。

宮島正在舉行「嚴島神社御創建一千四百年 式年大祭紀念」活動。五月九日至十三日整整五天，在嚴島神社的海上能舞台，將演出坂東玉三郎的舞劇。

演出節目之一，有我作詞的〈楊貴妃〉。為了觀賞此節目，我在廣島某飯店連續住了一星期左右。白天一味地工作，晚上再渡海去觀賞玉三郎的舞蹈，每天過著同樣的日子。

演出〈楊貴妃〉的坂東玉三郎，實在太棒了。看著看著，令我感動得不禁眼眶發紅。

原來我所參與的是這麼出色的作品，發自內心的愉悅令我激動萬分。

如果將宮島的神聖地域，視爲楊貴妃魂魄所居住的蓬萊宮，那麼，我渡海去觀劇的行爲便有如方士這個角色。夜晚，沐浴在月光下渡海回來的行爲，也可以比作方士本身。

依依不捨兩相訣　覺來月影復西斜　隻影遠道長安歸

這樣寫，好像是說命運注定我寫下這齣能劇歌詞，不過，對我來說，這眞是值得終生珍惜的寶石。

我沒有將表演拍攝下來，但每一天的舞劇都像是僅有一次的夢幻，當場消逝，這點更令人叫好。

我想坦誠感謝這種命運。

一九九五年五月十二日
於廣島
夢枕獏

導讀

譯者後記、

茂呂美耶

日本的陰陽師熱潮似乎已逐漸穩固，並落實在生活中。尤其是安倍晴明與源博雅這對「陰」、「陽」對比的活寶偵探，經由小說、漫畫、電影、電視劇及百種以上的相關出版品宣揚，幾已成爲「平成年號時代新種偶像」了。

其實，將安倍晴明這位本來埋沒於古典書籍中的陰陽師挖掘出來的作家，是一九八七年得到「日本SF大獎」的荒俁宏，他在得獎作品《帝都物語》中便讓安倍晴明大顯身手。《帝都物語》總計十二卷，發行量高達三百五十萬本以上，也拍成電影。然而，將安倍晴明與源博雅湊成「福爾摩斯與華生」的作家，則是夢枕獏。而漫畫家岡野玲子又將這對活寶廣傳於少女讀者群中，「新種偶像」便如此誕生了。

白狐之子？

根據傳說，安倍晴明的母親是白狐——當然，事實並非如此。比較有可能的推論是繩文人，也就是紀元前一萬年的繩文時代以來，便定居於日本列島的原住民，別名「山民」、「海民」。紀元前三百年左右，自中國大陸與朝鮮半島渡海而來的移民是彌生人。繩文人是狩獵、採集文化，彌生人則是水稻文化。水稻文化的移民必須保有土地，在固定場所定居下來，形成部落。這些部落之間經過長期爭霸戰，逐漸構築了古代大和朝廷。

而以狩獵、採集爲主的繩文人，基本上沒有定居的觀念，他們的衣食父母是大自然，仰賴山、河川、大海的產物爲生。因而他們不受大和朝廷所控制，類似遊牧民族到處移居。奈良時代，大和朝廷加強中央集權，以開拓地方的名目迫害繩文人，並蔑稱其爲「隼人族」、「熊襲族」、「蝦夷族」等等。

平安時代，原住民中有一集團爲「傀儡子」，經年沿著山岳路線在列島各地移動。此集團有一群名爲「白拍子」的女性，擅長歌舞，是農村舉行祭典時備受歡迎的藝人。而「白拍子」中又有少數具有占卜能力的女巫。晴明的生母很可能便是這類女巫之一。也因此，晴明天生能夠看到別人所無法看到的東西，也就是「百鬼夜行」。

戰國武將與陰陽師

戰國時代，朝廷沒落，輪到武士階級治世，陰陽師便從歷史舞台消失了。不過，全國各地的武將身邊一定都有軍師，這些軍師的前身大部分正是陰陽師。而培訓軍師的學校是「足利學校」，創立於一四三九年，首任校長是當時的易學權威，名為「快元」的僧侶。每一位軍師候補都必須學占卦、風水、氣象學等等。足利學校直至明治五年（西元一八七二年）才停辦。

戰國武將其實都很在意占卦，武將手中的軍扇，也是咒術的一種。軍扇兩面各畫有日、月，萬一碰到不得不出戰的凶日，便在白天把軍扇的月亮那面顯現在表面，讓日夜顛倒，以便將凶日改為吉日。連檢驗敵方首級時也都有安魂儀式，代表例是檢驗首級之前一定要先為首級化妝，這是女人的工作。所有武將中，大概只有現實主義者的織田信長不相信這一套，而德川家康則非常重視咒術。德川家康開創江戶幕府時，迎接了天台宗僧侶天海當幕僚顧問。天海具有豐富的陰陽道知識，為幕府盡力到第三代將軍時才過世。

陰陽道的現代面貌

安倍晴明的後裔是土御門家，江戶時代受到德川幕府的庇護，一直掌握著陰陽師集團的實權，並成立「土御門神道」。明治維新後，新政府不但剝奪了土御門家製作「曆」的發行權，更廢除了陰陽道。幸好有不少旁支以土御門家為首，暗地結成了「土御門神道同門會」，苟延殘息下來。一九五二年左右，根據麥克阿瑟將軍所擬訂的信教自由憲法草案，土御門神道才得以成為正式宗教法人，以「家學」名目存續著陰陽道遺產，直至今日。

陰陽道流傳到現代，有不少儀式已落實在日常生活中，例如二次大戰時曾流行一時的「千人針」，那是在一塊白布上請人用紅線縫一針，總計讓千人縫千針，以保佑出征兵士能夠生還的咒術。另外，祈求心願能夠達成的「千羽鶴」，也是陰陽道咒術的變形之一。孕婦於懷孕五個月時，必須在戌日纏上「妊婦帶」，目的是祈望能安產。男子的大厄之年在四十二歲、女子在三十三歲的習俗，以及除夕夜的「除夕鐘」必定敲打一〇八下的習慣，也都源自陰陽道的數理。

花香・屍臭・雅樂・悲歌——《陰陽師》的時空

Alplus（傻呼嚕同盟）

「那是最好的時光，也是最壞的時光；那是智慧的年代，也是愚昧的年代；那是信仰的時期，也是懷疑的時期；那是光明的季節，也是黑暗的季節；那是希望的春天，也是失望的冬天；我們的前途擁有一切，同時也一無所有；我們步向天堂，同時也邁向地獄」——狄更斯在《雙城記》中，形容法國大革命時代的倫敦與巴黎兩座城市的用語，也可以拿來作爲日本平安時代（西元七九四～一一八五）的印象。宮室之內歌舞昇平；貴冑公子、名門淑女和歌酬答；文字、假名系統在此時期趨近完備，造就了日本第一個文學盛世，女性文學家輩出，留下了《源氏物語》、《枕草子》等世界級名著。然而宮廷中也充滿了虛僞詭詐，群臣爭權、后妃爭寵，各種骯髒手段層出不窮。平民百姓依舊困苦，現在京都市最繁華的四條河原町，時時可見貧病而死的屍體，任由風吹日曬。

日本人是善於模仿的民族，桓武天皇遷都平安京（現在的京都），開啓了平安時代。當時正是日本年年派遣「遣唐使」向中國唐朝取經的時代，平安京的規劃設計，就是模仿當時的中國大城洛陽的格局，是以至今京都的地區仍以「洛東」、「洛西」等爲名。

在宗教方面，除了日本土產的多神信仰「神道」以外，佛教的勢力也愈來愈大。舊都奈良的僧侶在國家及寺院的庇護下，累積財富縱情享樂，甚至與貴族權臣串連進行政治鬥爭。皇室無力整頓，遂有遷都之舉，先遷至長岡京、十年後再遷到平安京，重用遣唐歸來的高僧「傳教大師」最澄以及「弘法大師」空海，希望建立新佛教，掃除奈良佛教的弊病。

當然，這是「官方說法」。傳說中，桓武天皇遷都的原因，是爲了避免親弟弟早良親王的怨靈作祟。早良親王自幼聰慧，頗有令名，桓武登基之後立爲皇太弟，可謂一人之下，萬人之上。然而就如《銀河英雄傳說》的陰謀家奧貝斯坦所言：「組織中的第二號人物是不安的來源」，對於桓武天皇而言，早良親王猶如芒刺在背。後來桓武天皇的寵臣藤原種繼遭暗殺，早良親王捲入其中，天皇逮到這個小辮子，將他流放到淡路。途中，早良親王爲表達自身清白，絕食而死。之後長岡京不斷有怨靈作祟，大家都說是早良親王顯靈報仇；而且作祟的還不只早良親王一個——桓武帝繼位之前，太子是他戶親王，在政治鬥爭中，他戶親王以及母親井上內親王（「內親王」即公主）被廢，含恨而死，才輪到桓武繼位。有此「怨靈三臺柱」天天光顧，桓武天皇睡不安枕，只好再遷都一次。

這次可得找個風水絕佳之處，以地力鎮住怨靈，於是平安京雀屏中選：東有鴨川、西有山陽道、南有巨椋池、北有船岡山，恰好對應青龍、白虎、玄武、朱雀四聖獸。唯一的缺陷在東北角艮位「鬼門」有缺陷，於是乎，在城外東北比叡山請傳教大師最澄坐鎮建立延曆寺、京城東北角上高野地區建立「崇道神社」（早良親王後來得到平反，追封為「崇道天皇」），補起這個缺角，功德圓滿，可喜可賀。

若以為自此天下太平，未免高興得太早。須知凡是宮廷所在之地，必有醜陋的鬥爭，怨靈的「產量」必然不虞匱乏，沒多久，「京都三大怨靈」就擴充到「八大怨靈」：加入了吉備眞備、菅原道眞、藤原廣嗣、文屋宮田麻呂、橘逸勢等人，供奉在上高野的上御靈神社。怨靈愈來愈多，只好有請號稱靈力史上第一的陰陽師安倍晴明，坐鎮在皇宮鬼門。現在的一條堀川、西陣織會館旁邊，有座安倍晴明神社，就是他當時居住的地方。而晴明的墓，就在京都觀光名勝嵐山渡月橋附近，另一個說法則是在橫跨鴨川的五條大橋下的法城寺。

這就是夢枕獏的小說《陰陽師》的時空背景。

走在京都街頭，遊客往往沉醉在濃厚的文化氣息之中，大部分的人都不會注意到，原來這座美麗的古都，竟然是這樣一個「魔界都市」吧。

「陰陽道」源自中國的陰陽五行思想，大約於西元五世紀經由百濟（韓國）傳到日本，與日本神道以及佛教融合。到了天武天皇在位（西元六七三～六八六年）時，政府設置了「陰陽寮」，可謂日本古代的「危機預防與處理專家小組」，也就是安倍晴明上班的地方。到了十世紀時，陰陽師最大的兩派就是賀茂家（安倍晴明的師父賀茂忠行乃是其代表人物）與安倍家，成為類似世襲的制度。讀者在陰陽師為題材的漫畫作品中常常可以看到，如《東京巴比倫》的「皇」一族，《GS 美神極樂大作戰》的「六道」家——他們以家族為主體，這點跟其他宗教有所不同。賀茂家在鎌倉時代沒落，安倍家則持續興盛（後來改稱「土御門」家），直到明治維新之後，新政府才廢止了陰陽道相關的部門，成為民間信仰。

傳說安倍晴明是人狐混血，所以靈力高於常人，而且長相俊美、特立獨行。這樣的一個人自然非常具有戲劇性，無怪乎會成為眾多小說、戲劇、漫畫、電影取材的對象。光以這部《陰陽師》小說，就有漫畫（岡野玲子作畫）、電影（野村萬齋主演）以及電視連續劇（稻垣吾郎主演）的改編版本。本書的作者夢枕獏，是位以魔幻、異色風格見長的小說家，曾經得過日本SF大賞、星雲賞等大獎。「獏」是傳說中以人的夢為食的怪獸，由作者的筆名不難看出其創作的興趣。在夢枕獏筆下，安倍晴明氣定神閒，談笑之間妖魔鬼怪灰飛煙滅，與天真純樸的傻大哥源博雅之間的對手戲充滿趣味（喜好「BL」的同人女更爲此興奮莫名）。除了小說娛樂趣味外，晴明對咒術的本質，更有獨具一格的看法，發人深省。將《陰陽師》列爲日本魔幻文學之佳作，當之無愧！

本文作者自述：原本是個對科學與藝術充滿熱情的有為青年，不幸因為一款叫做「膠囊戰記」的Gundam遊戲誤入ACG歧途。目前在某大學物理系任教，志願是有朝一日能拿到開發巨大機器人的科技部研究計畫補助。

作者介紹

夢枕獏（YUMEMAKURA Baku）

日本SF作家俱樂部會員、日本文藝家協會會員。生於神奈川縣小田原市，東海大學文學部日本文學系畢業。嗜好是釣魚，特別熱愛釣香魚。也熱中泛舟、登山等等戶外活動。此外，還喜歡看格鬥技比賽、漫畫，喜愛攝影、傳統藝能（如歌舞伎）的欣賞。

夢枕先生曾自述，最初使用「夢枕獏」這個筆名，始自於高中時寫同人誌風的作品。「獏」這個字，正是中文的「貘」，指的是那種吃掉惡夢的怪獸。夢枕先生因為「想要想出夢一般的故事」，而取了這個筆名。

年表：

一九五一年	一月一日生於神奈川縣小田原市。
一九七三年	東海大學日本文學系畢業
一九七五年	到海外登山旅行，初訪尼泊爾。
一九七七年	在筒井康隆主辦的SF同人雜誌《NEO NULL》、及柴野拓美

主辦的《宇宙塵》上發表作品。在《NEO NULL》上發表的〈蛙之死〉受到業界人士注意，同作轉至ＳＦ專門商業出版雜誌《奇想天外》刊登而成爲出道作。之後在《奇想天外》發表中篇小說〈巨人傳〉，而正式開始作家之路。

一九七九年　在集英社文庫Cobalt推出第一本單行本《彈貓的歐爾歐拉涅爺爺》。

一九八一年　在雙葉社推出第一次的單行本新書《幻獸變化》。

一九八二年　在朝日Sonorama文庫推出Chimera系列第一部《幻獸少年Chimera》。

一九八四年　在祥傳社Non-Novel書系發表的「狩獵魔獸」系列三部曲成爲暢銷作。

一九八六年　循《西遊記》裡的旅途前往中國大陸作取材之旅，從長安到吐魯番。「陰陽師」系列開始連載。

一九八七年　繼續西遊記行程。下半年與野田知祐一同在加拿大的育空河泛舟。

一九八八年　第三次踏上西遊記的旅程，到天山的穆素爾嶺。文藝春秋社出版《陰陽師》。

一九八九年　以《吃掉上弦月的獅子》奪得第十屆日本SF大獎。

一九九〇年　《吃掉上弦月的獅子》獲頒星雲賞平成元年度日本長篇獎。

一九九三年　十月爲坂東玉三郎所寫的〈三國傳來玄象譚〉在東京歌舞伎座「藝術祭十月大歌舞伎」上演。

一九九四年　出任日本SF作家俱樂部會長。岡野玲子改編的漫畫作品《陰陽師》出版。

一九九五年　小說《空手道上班族班練馬分部》由NHK拍成電視劇，由奧田瑛二主演。在東京神保町的畫廊舉辦照片展「聖琉璃之山」（亦有同名攝影集）。文藝春秋社出版《陰陽師—飛天卷》。

一九九六年　爲坂東玉三郎作詞的〈楊貴妃〉在歌舞伎座上演。爲NHK BS台的「釣魚紀行」錄影赴挪威。十月起在NHK總合台「大人的遊樂時間」擔任常任主持人。爲電視節目「世界謎題紀行」錄影赴澳洲。

一九九七年　文藝春秋社出版《陰陽師—付喪神卷》。

一九九八年　於中央公論新社出版《平安講釋—安倍晴明傳》。

一九九九年　《陰陽師—生成姬》於朝日新聞晚報開始連載。

二〇〇〇年　文藝春秋社出版《陰陽師—鳳凰卷》。

二〇〇一年	四月，NHK製作、放映《陰陽師》，由SMAP成員之一的稻垣吾郎主演。六月，岡野玲子的漫畫版出版至第十冊。十月，電影「陰陽師」上映。由知名狂言家野村萬齋飾演主角「安倍晴明」，眞田廣之、小泉今日子等人共同主演。文藝春秋社出版《陰陽師—晴明取瘤》。
二〇〇二年	文藝春秋社出版《陰陽師—龍笛卷》。
二〇〇三年	電影「陰陽師II」將於十月上映。文藝春秋社出版《陰陽師—太極卷》。
二〇〇五年	文藝春秋出版《陰陽師—三腳鐵環》、《陰陽師—瀧夜叉姬》。
二〇〇六年	首度來台參加台北國際書展，掀起夢枕旋風。
二〇〇七年	改編同名作品的電影「大帝之劍」由堤幸彥導演、阿部寬主演，於四月在日本上映。七月文藝春秋社出版《陰陽師—夜光杯卷》。年底配合首本繁體中文版《陰陽師》繪本《三角鐵環》來台舉辦簽書會，再度掀起《陰陽師》的閱讀熱潮。
二〇〇八年	雙葉社出版《東天的獅子》系列。
二〇一〇年	文藝春秋社出版《陰陽師—天鼓卷》。角川書店出版與天野喜孝、叶松谷共同合作的《楊貴妃的晚餐》。
二〇一一年	以《大江戶釣客傳》獲得第三十九屆泉鏡花文學獎、第五屆舟

橋聖一文學獎。改編《陰陽師》的漫畫家岡野玲子訪台。同年傳出陳凱歌將與日本電影公司合作《沙門空海》的電影拍攝作業。文藝春秋社出版《陰陽師—醍醐卷》。

二〇一二年　以《大江戶釣客傳》獲得第四十六屆吉川英治文學獎。十月文藝春秋社出版《陰陽師—醉月卷》。適逢《陰陽師》出版二十五週年，文藝春秋社也同步出版《陰陽師完全解析手冊》。

二〇一三年　八月參加ＮＨＫ總合台的柳家權太樓的演藝圖鑑節目播出。九月在東京歌舞伎座上演《陰陽師—瀧夜叉姬》，創下全公演滿座紀錄。十月小學館出版長篇小說《大江戶恐龍傳》系列。

二〇一四年　文藝春秋社出版《陰陽師—蒼猴卷》、《陰陽師—螢火卷》，後者出版後獲得十一月網路票選「二十歲男性閱讀的時代小說」第二名。

二〇一五年　曾獲第十一屆柴田鍊三郎獎的小說《眾神的山嶺》，將由導演平山秀行翻拍成電影，阿部寬與岡田准一主演，三月前往尼泊爾山區取景，將於二〇一六年於日本全國院線上映。睽違十二年《陰陽師》再度影像化，夏季將在朝日電視台播出同名ＳＰ電視劇，由歌舞伎演員市川染五郎主演。

二〇一七年　作家生涯四十週年，榮獲菊池寬獎及日本推理大賞。

陰陽師・第二部　飛天卷／夢枕獏著；茂呂美耶譯
一二版.一新北市：木馬文化事業股份有限公司出版：
遠足文化事業股份有限公司發行，2018.01
272面；14×20公分.一(繆思系列)
ISBN 978-986-359-497-0(平裝)
861.57　　107000327

繆思系列

陰陽師〔第二部〕飛天卷

作　　者　夢枕獏(Baku Yumemakura)　　封面繪圖　村上豐
譯　　者　茂呂美耶

副 社 長　陳瀅如
總 編 輯　戴偉傑
行銷企劃　廖祿存
特約編輯　連秋香
封面設計　蔡惠如
美術編輯　蔡惠如
內文排版　綠貝殼資訊有限公司

出　　版　木馬文化事業股份有限公司
發　　行　遠足文化事業股份有限公司(讀書共和國出版集團)
231新北市新店區民權路108-3號8樓
電話 02-22181417　　傳真 02-22180727
E-Mail service@bookrep.com.tw
郵撥帳號 19588272木馬文化事業股份有限公司
客服專線 0800221029
法律顧問　華洋法律事務所　蘇文生律師
印　　刷　成陽印刷股份有限公司
二版一刷　2018年1月
二版四刷　2024年2月
定　　價　320元
I S B N　9789863594970